诸子百家之智慧故事

杨　宁　张海彤／主编
李　哲／插图

漓江出版社

大私塾教养阶进丛书编辑委员会

本丛书分六系列，共计 18 册：

《汉字之美》：（分三册，共 1012 个常用字）

《书法三十六课》：（分三册，递进式学习书法）

《这厢有礼》：（三字经、弟子规、朱子家训）

《诸子百家》：（成语故事、寓言故事、智慧故事）

《诗情画意》：（分三册，古诗配古画，递进式诵读欣赏古诗词曲）

《以史为鉴》：（百家姓、五字鉴、史记故事）

参加编写的还有彭明俊（《汉字之美》）、周杰（《这厢有礼》）、赵宜婉（《这厢有礼》），一并感谢。

感谢孙左满先生为这厢有礼之《弟子规》提供插画。

“阐扬国故，复兴国学”才刚起步

《大私塾教养阶进丛书》的编辑及出版计划，始于2009年。当时，张海彤女士跟我谈到想编一套适用于少年儿童学习的国学教材。我当时也泛览过一些市面上的各种国学读本，总觉得一上来就是整套的《三字经》《千家诗》《增广贤文》等等，其实对于小孩子学习来说，未必有效。我想除了极少数特别聪明，而且对中国传统文化特别有兴趣的小孩子以外，大多数小孩子照这样子学所谓国学，很可能从一开始就要“逃之夭夭”了。今人每妄言无忌：古文字学者说自己从四、五岁时就随父师习《说文解字》；文学家则说自己是自幼过目成诵、下笔千言不能自已；经学家会说自己不但能背四书五经，而且能背注疏；讲学家则说自己从小入私塾，熟读经史百家等等，这些当然都是一些市场营销的手段，与事实相去甚远。

其实古人学文史，也不是这样整本整套的死记硬背，而是各随自己的兴趣，并且是循序渐进地一点一点开始的。远的不说，看清人自撰的年谱就会发现，很多大学者也都是五六岁开始识字，一点儿不比我们早；七八岁开始读一些唐诗宋词，开始学习四书，那是要应付将来的科举考试，挣个文凭出身；再大一些学些古文名篇，十四五岁时才真正开始读《诗经》、《易经》、三礼、《春秋》三传等。其实这些读书的步骤与少儿的心智发展都是相对应的。再往近里说，饶宗颐、钱锺书先生堪称大师级的了，他们也的确早慧而有过人之能：饶先生18岁时已经接续其父完成了《潮州艺文志》；钱锺书先生也在不到20岁的时候，替自己的父亲钱基博教授捉刀，为钱穆的《国学概论》作序。这些当代的国学大师级的学者固然聪明过人，但也都是绩学所致，也都没有当今热衷于营销的名家们那样“早慧”和“颖异”。

所以，当海彤说起编一套少儿国学教材时，我倒是想到可以试着按照前人的读书次序编一套分门别类、循序渐进的国学教材。小孩子们可以根据自己的兴趣所在，由浅到深、从易到难地修习国学的精华。

现在好像整个社会都有一种国学复兴的架势，盛况空前。但其盛只是盛在人数众多、声势唬人上，真正要如章太炎先生说的“阐扬国故，复兴国学”，以及胡适先生所提倡的用科学的方法“整理国故之学”，还有相当的路要走。

即以国学的基本教育而言，目前海内外国学院之成立如雨后春笋，却鲜有一套自小学至高中的国学教材，供老师教学、父母教子女之用。容或有这种教材，也是不做公开发行的内部参阅本，得益者甚寡。这套丛书的出版或可弥补这一缺憾。

陳致

香港浸会大学文学院院长

饶宗颐国学院院长

让经典入住心灵，从容面对未来

《易传》云：“蒙以养正，圣功也。”启蒙教育是造就个人纯正品质的关键，关系到个人能否顺利成长，长成什么样，所以，它是最为神圣的事。高度重视蒙学，是中国文化的精髓之一。

启蒙教育是很专业的事，不能要求每一位家长和幼教老师都是专家，所以，蒙学教材就变得非常重要。明代哲学家王守仁指出，对儿童的教育不应只限于知识，还应引导其行为；既要适应儿童的天性，也要用“善”和“礼”来约束他。也就是说，好的蒙学教材，一要知行并重，二要生动活泼。这是个简单的道理，却是个极高的标准，能真正做到、做得好，并不容易。

经过历史汰择而流传至今的古典蒙学读物，是传统文化馈赠给我们的瑰宝。让孩子学习《弟子规》之类的蒙学教材，可以接受正宗的儒家教育，养成方正的人格。而蕴含于诸子、史书中的思想和智慧，能体现古典修养的诗书画，都是民族文化的精华。学习这些古典知识和艺术，除了完善自己的素质之外，还能感受古人之情怀，在骨子里留下一缕典雅醇正的古典气质。对孩子来说，从古典文化启蒙，必将终身受益。

《三字经》《弟子规》《百家姓》等是公认的优秀蒙学读物，但时过境迁，一则语言难懂，二则内容不尽合于时宜，三则需要启发示例，这就都需要对这些传统蒙书进行再加工，使之体现现代意义上的知行并重和生动活泼；其他历史故事或文学艺术启蒙教材，也要按照这两个标准编写，使之能够同时切合于古典的内容和现代教育。这些都是很难的事。

大私塾知行学馆的专家们，有强烈的文化使命感和爱心，也有很好的专业素质和蒙学经验，在他们和出版社的共同努力下，这套教材无论在内容，还是在形式上，都有上佳的呈现，非常实用。值得一提的是，这套教材的设计，还体现了大私塾亲子教育的理念。亲子教育，适应孩子的心智和情感，同时也能使父母有所感悟，并通过自己对古典文化和行为准则的思考，帮助孩子提升。父母和子女在启蒙教育中共同成长，这对两代人来说，都是弥足珍贵的人生体验。

学校传授的现代知识，可以帮助孩子很好地应对现代社会。但在漫长的人生旅程中，大部分时间要面对的是自己、家人，要面对的是习俗、传统等各种文化情境，所以，传统文化和古典修养，对于每一个中国人来说，是不可或缺的。相信通过这套丛书，能让孩子们在传统文化中受到启迪，获得裨益，让古典精神和知识在自己的心灵中成长为一股力量，从容地面向无限可能的未来。

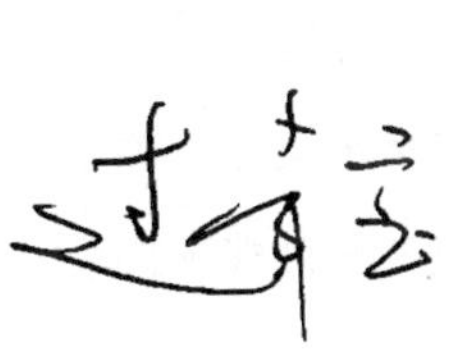

北京师范大学文学院院长

人文素养与积学储宝

人文素养，是沟通交际的软实力。创意表达，是突破困境的万灵丹。两者的交集，就在阅读生发的能量。素养，靠日复一日的积累；表达，赖精确有效的运用。表达需要创意，才见精彩；创意仰赖文化，才能茁壮。好比储蓄与提款，想如愿地投资理财，必先储存可观的资金；又像数据库的建构与使用，如果存量不够丰富而多元，那就不能左右逢源，心想而事成。人文素养的积累和表达能力的创新，道理是一样的。其中，文化因素是之间的触媒。

“博观而约取，厚积而薄发”，是大文学家苏东坡温馨而具有智慧的提示。在苏东坡生长的北宋时代，除传统写本外，又多了印本图书。面对知识爆炸，阅读将如何抉择？东坡于是有如上述的建言。如今我们面对的知识传播，其复杂与快速，自非古人所能想象。不过，现代人每天看的报章、杂志、计算机、网络，有很多属于信息、消息，不等于知识或学问。再博观、再厚积，值得储存的知识能量毕竟有限。如何善用琳琅满目的信息，转化为所向无敌的创意，积淀为可大可久的人文素养，那肯定是另一个话题。

中华传统文化，源远流长。经过时间长河的淘洗，淬炼为优质可贵的文化遗产，体现为传世不朽的经典图书。这些图书，大部分提供给大人阅读；有一些书，适合少年儿童朗读。其中价值无限，值得永久典藏者不少。古人说“开卷有益”，又说“转益多师”，强调阅读的行动和质量，可作为座右铭。有鉴于苏东坡“博观厚积”的指引，《易经》蒙卦“匪我求童蒙，童蒙求我”之启示，一群志同道合的朋友，同心协力，成就《大私塾教养阶进丛书》用专家的材料，写出通俗的文字，作为亲子间的知识飨宴。学童经由年年岁岁的积累，春风化雨般的熏陶，对于文化精华的蕴藏自然丰厚，将来长大成人，无论约取或薄发，多可以如鱼得水，无入而不自得。所谓“书到用时方恨少”，未雨绸缪，及早储备，方是良策。

这部亲子读物，古人叫作童蒙书。就属性来说，大抵经、史、子、集都有。分享圣贤之智慧，传承人生之经验，是各书的共同特色。至于提供历史教训、处世哲学，展现人文关怀、应对诀窍，更所在多有。本丛书尤其注重实作演练，有关艺术陶冶与创意发想，于家教启蒙中，已逐渐奠定利基。这部童蒙经典，大抵皆为优质文化遗产的结晶，《易经》大畜卦称“君子以多识前言往行，以畜其德”，是指多接触古书，了解历史文化，所谓积学可以储宝。台湾师大鲁实先教授曾言：“人天生的智慧很难改变，但聪明可以学习。熟读历史，可以使人聪明！”传统文化，就是过去历史的精华，先贤用心良苦，编成《三字经》《弟子规》《五字鉴》《朱子家训》等童蒙书，认为教育应从幼童开始。用心诵读积累，当有助于将来的约取薄发。人文素养沉潜认知既深，更有助于应付世变，驾驭世变，促使创意发想成为无限可能。

阅读之于思想和素养，好比音乐之于心灵，甘霖之于沙漠，河海之于舟船。给人滋润，给人能量，给人激励，给人启发，给人反思；同时又能令人陶醉，令人感动，令人鼓舞，令人充实。至于开发潜能，升华认知，促成创意发想，更是阅读活动的必然结局和成效。心理学家说：从接收到反应，阅读很容易生发感染的气氛，形成同群效应。阅读，号称文明之声。知识飨宴的场景，是温馨美好的亲子活动图。期待这种风景，能够天天在家庭完美上演。

朱熹是位知名的理学家、大学者，读了很多书，也写了很多书。他曾作一首诗，推崇知识的惊人能量：

昨夜江边春水生，艨艟巨舰一毛轻。

向来枉费推移力，此日中流自在行。

阅读可以获取知识，知识等同能量；拥有无限的能量，人生就可以“自在行”。

愿共勉之，是为序。

張高評

台湾成功大学中文系教授

2015年8月15日

用先贤的智慧解决当下的问题

随着中国国力的日渐强大，中国成为世界的焦点，历史悠久的中华文明，也渐渐焕发出强大的生命力。1988 年，世界各国诺贝尔奖得主在法国巴黎集会，会后发表的共同宣言中就曾提到：“人类要在 21 世纪生存下去，必须回到 2530 年前中国的孔子那里去寻找智慧。”

在源远流长的中国传统文化中，先贤们积累了丰富的智慧和经验，这些文化资源凝结在一个个成语、寓言和典故当中，千百年来一直为人们所传颂。在今天这样一个繁华而又浮躁的现代社会中，古人的智慧将成为我们借鉴和学习的范本。

事实上，从童蒙教育伊始，源出于诸子百家的成语和寓言都是孩子们获得养分和教益的重要“食材”。为此，我们从诸子众多的文章篇目中，选取较为典型、具有教育意义的故事，编纂成《成语故事》《寓言故事》《智慧故事》三册，组成“诸子百家”系列。通过这些故事，我们不仅可以了解如何践行传统的道德理念，让孩子们真正领会典籍中深厚的思想底蕴和人生哲理，而且还能学以致用，用先贤的智慧解决当下的现实问题。

那么，这本书应该怎么读呢？

《成语故事》

本书是儿童通过成语了解中国古代历史文化的一个切入点，它主要为四字词语，也兼有俗语和惯用语。《成语故事》要求孩子们能够了解故事出处和原意，并熟练掌握每个成语的含义，力求应用到实际生活和写作中。

典籍原文

根据成语的出处原文，了解成语的原意、引申寓意，了解它在现代汉语中的使用。

思考和练习

读一读右边的小故事，根据下面的问题思考、联想，在爸爸妈妈的帮助下了解相关知识。

成语故事

简短有趣的小故事搭配童趣插图。请爸爸妈妈读给小朋友听，从故事中了解成语的含义。小朋友试着看图说话再给爸爸妈妈讲一遍吧。

《寓言故事》

主要选取中国古代具有深刻道理的寓言，它通过小故事反映出大道理，是孩童接受中国传统文化与伦理道德教育，养成良好生活习惯的最佳读物。

典籍原文

增加了难点字词的注音和注释，读懂古文对小朋友来说有些难，请爸爸妈妈和你一起读吧。

思考和练习

读一读右边的小故事，了解寓言故事的寓意。说一说你从这个寓言里了解学到了什么。

寓言故事

简短有趣的小故事搭配童趣插图。请爸爸妈妈读给小朋友听，从故事中了解寓言的含义。和爸爸妈妈讨论故事中的人物，想一想如果是你，你会怎么做呢。

《智慧故事》

主要选取的是能够反映中国古代人聪明才智的故事，其中很多故事已成为大众熟知的处事格言。

典籍原文
增加了难点字词的注音和注释，读懂古文对小朋友来说有些难，请爸爸妈妈和你一起读吧。

思考和练习
读一读右边的小故事，说一说你从这个故事里了解学到了什么。

智慧故事
简短有趣的小故事搭配童趣插图。请爸爸妈妈读给小朋友听，从故事中了解故事中人物的聪明之处。和爸爸妈妈讨论故事中的人物，想一想如果是你，你会怎么做呢。

这套书结合当下社会现实，用讲故事的方式，让现在的孩子们了解这些典故的由来和运用，将古代文化与现实相结合，不但有助于孩子成语词汇的积累及语文能力的提高，还可以让孩子了解中国历史，并体会中国传统文化的精神所在。

希望孩子们通过阅读这套丛书，能够走近圣贤，懂得思考，让这些中国传统智慧焕发青春，让东方智慧走近更多人，施惠于更多人，让智慧与文化浸润人们的生活，这才是我们学习传统经典的现实意义。

目录

未雨绸缪

先秦《诗经》

chī xiāo yù

鸱鸮鸱鸮，既取我子，无毁我室。恩斯勤斯，鬻

猫头鹰 指幼鸟 鸟窝 爱。《鲁诗》"恩"作"殷"，尽心之意 语助词 育

子之闵斯。

病

dài chóu móu yǒu

迨天之未阴雨，彻彼桑土，绸缪牖户。今女下民，

及 通"撤"，取 《韩诗》作"桑杜"，桑根 缠缚，密密缠绕 窗 门 汝 下面的人

或敢侮予？

有

jié jū luō tú

予手拮据，予所捋荼。予所蓄租，予口卒瘏，曰

手病，此指鸟脚爪劳累 成把地摘取茅草花 积蓄通"苴"(居)，茅草 患病。卒通"悴"

予未有室家。

指鸟窝

qiáo xiāo qiáo

予羽谯谯，予尾翛翛，予室翘翘。风雨所漂摇，

羽毛疏落貌 羽毛枯敝无泽貌 危而不稳貌

xiāo

予维音哓哓！

惊恐的叫声

【练习】

近义词：防患未然 ________ 反义词：临渴掘井 ________

【讲故事懂道理】

“未雨绸缪”是指趁着天没下雨，先修缮房屋门窗。这个成语最早是出现在《诗经·豳风·鸱鸮》里的。这是一篇以动物的故事寄寓人生感慨和哲理的民歌。大意是：

鸱鸮啊鸱鸮，你夺走了我的孩子，

不要再毁掉我的窝！趁着天未下雨，

我要剥下桑根的皮修补好门窗，

我的手已发麻，嘴也磨破，羽毛也将落尽，

可是我的窝还在风雨中飘摇！

鸱鸮即猫头鹰，在诗里是个恶鸟，诗中描写鸟妈妈在猫头鹰抓去它的鸟宝宝之后，为了防御外来的再次侵害，保护自己的小鸟，不怕辛劳。

后世有说这首诗是周武王的弟弟周公旦写的，据说他因摄政被幼帝成王忌惮误会而离开镐京，后来知道了武庚准备叛乱的情况，十分焦急，便写了名为《鸱鸮》的诗给成王。这首诗以母鸟的口吻，反映了周公对国事的深切忧虑。后来，成王无意中在石室里发现了周公的祝辞，深为感动，立即派人把周公请回镐京，并协力平息了叛乱。

现在，人们通常用“未雨绸缪”来比喻事先做好准备，防止出现意外。

【思考】

1. 未雨绸缪比喻任何事情都应该是先准备，你觉得生活中什么事情应该做到未雨绸缪？
2. 在你的学习经历中，你觉得应该如何做到未雨绸缪？

无中生有

先秦·李耳《老子》

天下万物生于有，有生于无。

【练习】

近义词：造谣生事 ________　　反义词：铁证如山 ________

【思考】

1. 如果你是令狐潮，你会允许张巡一次又一次地把草人缒下城么？

2. 什么事情是从无到有，又从有到无的？你认为“生命”是吗？

【讲故事懂道理】

老子认为“有”与“无”并不矛盾，而是像“阴阳”、“静动”一般，既相互对立、统一，又能相互依存、转化；“有”与“无”同出于“道”，就像东方与西方那样，相辅相成，相互对照，而不是相互否定，由“有”而见“无”，由“无”而见“有”。也就是说，“有”与“无”的对立、统一关系是“道”自身的表现，所谓“有”与“无”都只是“道”的存在形式的描述而已。

唐朝安史之乱的时候，投靠安禄山的令狐潮与唐将贾贲和张巡在雍丘城激战。贾贲不幸战死，张巡寡不敌众退回雍丘城死守。但是这样下去，雍丘城早晚都会被攻破。于是他想了一个好办法。他命令手下扎了一千多个草人，深夜时缒下城去。令狐潮见此以为有人偷袭，急忙放箭。张巡由此得到了数万枝箭。后来令狐潮知道中计，等张巡再次命人放草人时便置之不理。张巡每夜都令士兵放草人。有一天晚上，张巡派五百名勇士袭击令狐潮的军营。令狐潮以为是草人，便没当回事。结果，令狐潮的军队被杀得片甲不留，张巡大获全胜。

张巡运用虚虚实实的办法，迷惑敌人，使对方的判断或行动失误，使己方获胜。

以柔克刚

先秦·李耳《老子》

天下莫柔弱于水，而攻坚强者莫之能胜，以其无以易之。弱之胜强，柔之胜刚，天下莫不知，莫能行。是以圣人云："受国之垢(gòu)，是谓社稷(shè jì)主；受国不祥，是为天下王。"正言若反。

无以易之：易，替代、取代。意为没有什么能够代替它

受国之垢：垢，屈辱。意为承担全国的屈辱

受国不祥：不祥，灾难，祸害。意为承担全国的祸难

正言若反：正面的话好像反话一样

【练习】

近义词：以弱胜强 ＿＿＿＿＿＿＿＿ 反义词：以暴制暴 ＿＿＿＿＿＿＿＿

【思考】

1. "柔"和"刚"有"强弱"之分吗？
2. "以柔克刚"适用在什么场合？

【讲故事懂道理】

在春秋时期，有一个人名叫李耳，是周朝末年一个管理书籍的官员，学识很渊博，大家都尊称他是“老子”。

后来周朝名存实亡，天下被各个诸侯国分裂。鲁国出现了一个勤奋好问的人名叫孔丘。孔丘听说过他的名声，于是前去拜访，向老子问“礼”。

孔丘见到了老子，老子带着孔丘看了祭祀的礼节、举行祈福祭典的神庙，孔丘都获益匪浅。临行之前提出来了自己的疑惑。老子张开嘴说：“你看我坚硬的牙齿已经没了，但是柔软的舌头仍在。”

老子送孔丘至黄河边，看出来孔丘还在疑惑，就说：“你应该学习水。”孔丘问：“为什么学习水？水有什么好学的呢？”老子就回答说：“天底下最柔软的就是水了，但它能穿山透石，淹田毁舍，任何刚硬的东西都不能阻挡它。以弱胜强，以柔克刚，这是大家都知道的道理，可是很多人却做不到。”

孔丘终于顿悟了，谦恭的向老子拜了一拜。后来孔丘回到鲁国，和弟子说：“老子的学识渊博，见解深刻。我比不上他。”

不耻下问

先秦《论语》

子贡问曰："孔文子何以谓之文也？"子曰："敏而好学，不耻（chǐ）下问，是以谓之文也。"

敏：勤勉　好：喜好　耻：以……为耻

【练习】

近义词：移樽就教 ________　反义词：好为人师 ________

【思考】

1. 你知道历史上谥号为"文"的人有哪些吗？
2. 向老师请教问题是"不耻下问"吗？

【讲故事懂道理】

卫国大夫孔圉聪明好学，更难得的是他是个非常谦虚的人。在孔圉死后，卫国国君为了让后代的人都能学习和发扬他好学的精神，因此特别赐给他一个“文”字做谥号。后人就尊称他为孔文子。

孔子的学生子贡也是卫国人，但是他却不认为孔圉配得上那样高的评价。有一次，他问孔子说：“孔圉的学问及才华虽然很高，但是比他更杰出的人还很多，凭什么赐给孔圉‘文公’的称号？”孔子听了微笑说：“孔圉非常勤奋好学，脑筋聪明又灵活，而且如果有任何不懂的事情，就算问题很简单，就算自己比对方年长位高，他都会大方而谦虚地请教，一点都不会因此而感到羞耻，这就是他难得的地方，因此赐给他‘文’字做谥号并不会不恰当。”经过孔子这样的解释，子贡终于服气了。

三 思 而 行

先秦《论语》

季文子三思而后行。**子**闻之，曰："再，**斯**(sī)可矣。"

季文子：即季孙行父。春秋时期鲁国的正卿，前601年—前568年执政。姬姓，季氏，谥文，史称"季文子"。

子：指孔子

斯：这样

【练习】

近义词：深思熟虑 __________ 反义词：轻举妄动 __________

【思考】

1. 你认为"三思而行"有什么弊端吗？你赞成孔子说的话吗？
2. 除了"三思而行"，你还知道关于做事谨慎的人和事吗？请说一说。

【讲故事懂道理】

鲁国的大夫季文子名叫季孙行父，“文”是他去世后的谥号，所以后人称他为季文子，他为人非常的谨慎，是个心思缜密的人，凡事一定反复思量，辗转数次，然后才施行。

孔子听说了季文子这种做事的态度，便说：“再，斯可矣！”意思就是说，没必要想那么多次，想两次就可以去做了。

孔子认为世人处事，固然不能不思考，但也不能思虑过度。所以遇到事情，不可以轻举妄动，一定要仔细思量一番，有了结果之后，恐怕还有不确切的地方，应当心平气和地再考虑一番。这样事情的来龙去脉已经了然于胸，裁度也已经成熟，做起来也一定停当，何必再去思量第三番呢。

天下之事虽千变万化，但其中的道理却是不变的，只有在义理上仔细体会，才能两番思量得到应对之策，如果用私心杂念去揣摩，越思量就会越迷惑。《中庸》教人慎思，也是这个意思。善于应对的人，都是在道理上讲究精纯，再果断行事，则没有处理不好的事情。如果有私心夹杂其中，则一思贪念即起，越思越重，必蒙蔽了心神。由此可知，正心才可用思，心不正，多思愈乱。

因材施教

先秦《论语》

子路问："闻斯行诸？"
听到一件合于义理的事就应当付诸实施吗？

子曰："有父兄在，如之何其闻斯行之？"

冉有问："闻斯行诸？"

子曰："闻斯行之。"

公西华曰："由也问，闻斯行诸？子曰，'有父兄在'；求也问闻斯行诸，子曰'闻斯行之'。赤也惑，敢问。"
由也：指子路是否
赤：公西华
敢问：冒昧地问；敢：表敬副词

子曰："求也退，故进之；由也兼人，故退之。"
求：冉有
退：做事缩手缩脚
兼人：好勇过人

【练 习】

近义词：对症下药 ________________　　反义词：一概而论 ________________

【讲故事懂道理】

有一次，孔子讲完课，回到自己的书房，学生公西华给他端上一杯水。这时，子路匆匆走进来，大声向老师讨教："先生，如果我听到一种正确的主张，可以立刻去做吗？"孔子看了子路一眼，慢条斯理地说："总要问一下父亲和兄长吧，怎么能听到就去做呢？"子路刚出去，另一个学生冉有悄悄走到孔子面前，恭敬地问："先生，我要是听到正确的主张应该立刻去做么？"孔子马上回答："对，应该立刻实行。"冉有走后，公西华奇怪地问："先生，一样的问题你的回答怎么相反呢？"孔子笑了笑说："冉有性格谦逊，办事犹豫不决，所以我鼓励他临事果断。但子路逞强好胜，办事不周全，所以我就劝他遇事多听取别人意见，三思而行。"

【思 考】

1. 故事里面又介绍了孔子的三个弟子，说一说你还知道孔子的哪些弟子。

2. 想一想"因材施教"这个词使用的情境。

游刃有余

先秦·庄子《庄子》

今臣之刀十九年矣，所解（解剖）数千牛矣，而刀刃若新发於硎（xíng，磨刀石）。彼节（骨节）者有间（间隙），而刀刃者无厚；以无厚入有间，恢恢乎其于游（运转）刃（刀口）必有余（余地）地矣。

【练习】

近义词：驾轻就熟 ____________ 反义词：一筹莫展 ____________

【思考】

1. 这个故事中的道理对你的读书学习有什么启示？

2. 关于庖丁解剖牛的故事，后来还演变出了其他的成语，你知道是什么吗？

____

____

【讲故事懂道理】

从前，有一个名叫“丁”的厨师，他以宰牛技术高超而闻名，在古代厨师被称作“庖”，所以人们叫他庖丁。有一天，庖丁为梁惠王解剖一头牛。他的技术十分娴熟：他解剖牛的时候，进刀之迅速，出刀之利落，都让人看了以后极为赞叹。惠王惊叹之余，问他如何做到，他说：“我的技术高超，不只是因为熟练，而是由于掌握了其中的规律，摸清了牛的骨骼结构，所以，我这把刀虽然用了十九年，解剖的牛已有几千头，可是刀口还是像新磨过的一样锋利。因为牛的骨节之间是有间隙的，而刀刃又磨得很薄，用很薄的刀刃来分解有间隙的骨节，当然是宽绰而有余地的了。”

庄子借用这个成语比喻技术熟练，经验丰富，解决问题毫不费力。庄子是道家思想的主要代表，“游刃有余”简直就是道法自然的最好解释：不着急，不慌乱，以“无厚”入“有间”，自然就显得行云流水，熟练无比。用在生活学习之中，又颇有见缝插针、循序渐进、顺势而为的意味。只将其理解为做某件事非常熟练，不免浪费了这一番道理。

魏王索郑

先秦《韩非子》

魏王谓郑王曰："始郑、梁一国也，已而别，今愿复得郑而合之梁。"郑君患之，召群臣而与之谋所以对魏。公子谓郑君曰："此甚易应也。君对魏曰：'以郑为故魏而可合也，则弊邑亦愿得梁而合之郑。'"魏王乃止。

始：起初，开始

郑、梁一国：韩魏赵原属于晋国，后三家自立为诸侯分裂晋国，韩国都城郑与魏国都城梁相近

患：担忧

应：对付，应对

弊邑：bì yì

【练习】

成语接龙：魏王索郑——郑人买履——________——________

【思考】

1. 魏王要求郑国土地合并到魏国来，其目的是什么？

2. 如果你是魏王，你会怎么向郑王说从而使郑王哑口无言？

____

____

【讲故事懂道理】

魏王对韩王说："起初韩、魏本是一个国家，后来才分开的。我现在希望再得到韩国的土地使它合并到魏国来。"

韩王对此很担心，便召集大臣们商议对付魏王的办法。韩王的儿子说："这是很容易对付的。您对魏王说：'如果因为韩、魏原来是一国而要合并它，那么我们也希望得到魏国的土地使它合并到郑国来。'"

从此以后，魏王再也不敢提这件事情了。从古至今，侵略者要侵略他人的时候，总是会为自己找一些堂而皇之的理由，魏王的无理要求也是如此。无论何时，在强敌面前，如果只是一味地软弱与退让，最终只能落得被侵占甚至被毁灭的下场。所以，首先要以坚决的态度回答挑衅。欺软怕硬是一切强盗的本性。而在面对魏国的无理要求时，韩国王子"以其人之道还治其人之身"，未动一兵一将，就将魏国拒之门外，从而解了韩国的燃眉之急。

引而不发

先秦《孟子》

公孙丑曰："道则高矣，美矣，宜若登天然，似不可及也；何不使彼为可几及而日孳孳（zī）也？"

孳，通"孜"勤勉；努力不懈

孟子曰："大匠（jiàng）不为拙（zhuó）工改废绳墨，羿不为拙射变其彀（gǔ）率。君子引而不发，跃如也。中道而立，能者从之。"

匠：木匠；拙：笨拙；绳墨：木工取直用的工具；彀：弧度

【练习】

近义词：枕戈待旦 ________　　反义词：盘马弯弓 ________

【思考】

1. 我们生活中是否需要适当地去迁就别人呢？
2. 你觉得孟子的这种思想适合在什么地方运用呢？

____

____

【讲故事懂道理】

这段话是孟子的弟子公孙丑向孟子问道时的一段对话。

公孙丑说："道是很高很好啊，但要弄懂它，就像登天一样，难以达到啊；为什么不降低标准，让它变得有希望达到，从而使人每天不懈地追求它呢？"

孟子说："高明的木匠不会因为笨拙的徒工而改变、废弃绳墨，羿也不会因为笨拙的射手而改变拉弓的标准。君子教导别人，正如教人射箭，拉满了弓却不射出箭，做出跃跃欲试的样子，启发和示范，让别人观察和体会。君子站在道的中间，有能力的人自然会跟从他去学。"

孟子用木匠和射箭做比，告诉弟子，教人悟道，就像教人射箭一样，要善于引导，启发学子学习。现在这个成语，也用来比喻做好准备，伺机行动。

以逸待劳

先秦 · 孙武《孙子》

以近待远，以佚（yì，通"逸"，休息）待劳，以饱待饥，此治力者也。

【练习】

近义词：养精蓄锐 ________　反义词：疲于奔命 ________

【思考】

1. 你认为王翦是一个怎样的人？为什么？
2. 你能说出王翦用一年的时间只是防守而不进攻秦军的原因吗？

____

____

____

【讲故事懂道理】

以逸待劳，原作“以佚待劳”，语出《孙子·军争篇》。多指作战时采取守势，养精蓄锐，让敌人来攻，然后乘其疲劳，战而胜之。后来被归为三十六计之一。

先实行防御，后发制人，也是以逸待劳的一种方法。但是，以逸待劳的“待”，不是消极地坐等战机，而是充分发挥主观能动性去调动敌人，牵着敌人的鼻子走，让敌人疲于奔命，不断地消耗敌人，待敌人锐气尽消之时，再动手消灭他。

战国末期，秦国攻打楚国。秦国起用告老还乡的老将王翦。王翦率领六十万军队来到楚国边境，并不急于进攻，而是专心修筑城池。楚军看了以为秦军不敢攻打，于是派大量士兵防守边境，与秦军对垒。

王翦在军中鼓励自己的士兵养精蓄锐，休养生息。一年后，楚军见秦军不攻只守，以为秦军士兵早已没有了斗志，只是防守自保，早就放松了警惕，于是决定撤离。王翦见时机已到，下令大军追击楚军。秦军将士个个人如猛虎，将楚军打得落花流水。

愚者千虑

先秦·晏婴《晏子春秋》

景公谓晏(yàn)子曰："昔吾先君桓(huán)公以书社五百封管仲，不辞而受，子辞之何也？"晏子曰："婴闻之，圣人千虑(lǜ)，必有一失，愚(yú)人千虑，必有一得。意者管仲之失而婴之得者耶？故再拜而不敢受命。"

【练习】

填空：愚者千虑 ________，智者千虑 ________。

【思考】

1. 智者最容易犯什么样的错误？

2. 常言道"人无完人"，每个人都有缺点，都会犯错误，那么这个说法跟晏子的观点一样吗？

____

____

【讲故事懂道理】

春秋时期，齐桓公成为第一位霸主，齐国也变得很强盛。到了齐景公时，齐国出现千古明相晏婴，又叫晏平仲，他才干卓著，聪明机敏，既关心老百姓的疾苦，又敢于批评国君，是齐景公的主要助手，老百姓都尊敬地叫他“晏子”。

有一天，齐景公派使臣过来，正好晏子在吃饭，他就把食物分给使臣，结果二人都没吃饱。这事传到齐景公耳朵里，齐景公很惭愧自己竟然不知道晏子家这么穷，于是派人送去钱财。晏子推辞不受：“您的恩泽遍及我的父族、母族、妻族以及朋友，我还能以此救济百姓，我不穷啊。忠君之臣从君主那里得到厚赏，都会散发给百姓，这是臣子代替君主统治人民；反之，把财物归为己有，是不仁义的。得到君主的厚赏，不与士人共享，只为自己蓄积财物是非常愚蠢的。有衣穿、有饭吃就够了，内心知足才可以免于灾祸。”

景公不解：“当年先君齐桓公，把登记入册的五百人口和土地封赏给管仲，管仲全都接受了，现在我给你这么一点财物，你却推辞不要，这是为什么呢？”

晏子回答说：“圣明的人考虑问题非常细致周密，但也难免不犯错；愚蠢的人如果能把问题多考虑一下，也不见得没有一点可取之处。”

二桃杀三士

先秦·晏婴《晏子春秋》

晏子入见公曰：“臣闻明君之蓄(xù)勇力之士也，上有君臣之义，下有长率之伦，内可以禁暴(bào)，外可以威敌，上利其功，下服其勇，故尊其位，重其禄(lù)。今君之蓄勇力之士也，上无君臣之义，下无长率之伦，内不以禁暴，外不可威敌，此危国之器也，不若去之。”

公曰：“三子者，搏(bó)之恐不得，刺之恐不中也。”

晏子曰：“此皆力攻勍(qíng)敌之人也，无长幼之礼。”因请公使人少馈(kuì)之二桃，曰：“三子何不计功而食桃？”

勍：强敌，有力的对手

公孙接仰天而叹曰：“晏子，智人也！夫使公之计吾功者，不受桃，是无勇也，士众而桃寡(guǎ)，何不计功而食桃矣。接一搏猏(jiān)而再搏乳虎，若接之功，可以食桃而无

猏：古同“豜”，泛指大猪，大兽

与人同矣。”援桃而起。

田开疆曰：“吾仗兵而却三军者再，若开疆之功，亦可以食桃，而无与人同矣。”援桃而起。

古冶子曰：“吾尝从君济于河，鼋（yuán，大鳖）衔左骖（cān，古代驾在车前两侧的马）以入砥（dǐ）柱之流。当是时也，冶少不能游，潜行逆流百步，顺流九里，得鼋而杀之，左操骖尾，右挈（qiè，用手提着）鼋头，鹤跃而出。津人皆曰：‘河伯也！’若冶视之，则大鼋之首。若冶之功，亦可以食桃而无与人同矣。二子何不反桃！”抽剑而起。

公孙接、田开疆曰：“吾勇不子若，功不子逮，取桃不让，是贪也；然而不死，无勇也。”皆反（同“返”，放回）其桃，挈领而死。

古冶子曰：“二子死之，冶独生之，不仁；耻人以言，而夸其声，不义；恨乎所行，不死，无勇。虽然，二子同桃而节，冶专其桃而宜。”亦反其桃，挈领而死。

使者复曰：“已死矣。”公殓之以服，葬之以士礼焉。

【练习】

自己查字典，给上述原典中的文字注音注释，试着自己读懂大意。

【讲故事懂道理】

春秋时代齐景公帐下有三员大将：公孙接、田开疆、古冶子，他们战功彪炳，但也因此恃功而骄，晏子为避免造成未来可能的祸害，建议齐景公早日消除祸患。

晏子设了一个局：让齐景公把三位勇士请来，要赏赐他们三位两颗珍贵的桃子；而三个人无法平分两颗桃子，晏子便提出协调办法——三人比功劳，功劳大的就可以取一颗桃。公孙接与田开疆都先报出他们自己的功绩，然后各拿了一个桃子。这时，古冶子认为自己功劳更大，气得拔剑指责前二者；而公孙接与田开疆听到古冶子报出自己的功劳之后，也自觉不如，羞愧之余便将桃子让出并自尽。尽管如此，古冶子却对先前羞辱别人吹捧自己以及让别人为自己牺牲的丑态感到羞耻，因此也拔剑自刎——就这样，只靠着两颗桃子，兵不血刃地去掉三个威胁。

【思考】

1. 为什么晏子建议齐景公除去公孙接、田开疆、古冶子三人？
2. 中国有句古话叫“士可杀不可辱”，通过此文，你能说说什么叫“士”吗？

乡校听议

先秦·左丘明《左传》

郑人游于乡校，以论执政。然明谓子产曰：“毁
乡校：乡间的学习学校，又是乡人聚会议事的地方　执政：指掌握了政权的人　然明：郑国大夫，字然明

乡校，何如？”子产曰：“何为？夫人朝夕退而游焉，
退：工作完毕后回来

以议执政之善否。其所善者，吾则行之；其所恶者，

吾则改之，是吾师也，若之何毁之？我闻忠善以损
忠善：尽力做善事

怨，不闻作威以防怨。岂不遽（jù）止？然犹防川，大决所
作威：摆出威风　遽：畏惧　防川：堵塞 河流

犯，伤人必多，吾不克救也；不如小决使道，不如吾
道：同“导”，疏通，引导

闻而药之也。”然明曰：“蔑（miè）也，今而后知吾子之信
药之：用作动词，以之为药，用它做治病的药。之，指郑人的议论　信：确实，的确

可事也。小人实不才。若果行此，其郑国实赖之，岂
可事：可以成事　小人：自己的谦称　不才：没有才能

唯二三臣？”仲尼闻是语也，曰：“以是观之，人谓
二三：这些，这几位　仲尼：孔子

子产不仁，吾不信也。”

【练习】

你能否用一句话概括这个故事？______

【讲故事懂道理】

春秋时，郑国人经常聚集在乡校，议论那些掌权当官的人。郑国大夫然明怕人们议论国政对统治者不利，便对子产说："把乡校毁掉，怎么样？" 子产说："为什么呢？人们早晚游聚在这里，谈论掌权人的好坏。他们所称赞的，我们就照办，他们所厌恶的，我们就改正，这是我们的老师啊！为什么要毁掉它呢？我听说尽力做好事以减少怨恨，没听说过依权仗势来防止怨恨。难道很快制止这些议论不容易吗？然而那样做就像堵塞河流一样：河水大决堤造成的损害，伤亡的人必然很多，我是挽救不了的；不如开个小口导流，不如我们听取这些议论后把它当作治病的良药。" 然明说："我从现在起才知道您确实可以成大事。小人确实没有才能。如果真的这样做，恐怕郑国真的就有希望强盛了，岂止是有利于我们这些臣子！"

孔子听到子产说的话，说；"从这件事来看，人们说子产没有仁德、不施善政，我不相信。"

【思考】

1. 我们应当如何对待别人对自己的议论？
2. 如果把乡校毁掉，郑国还有没有强盛的可能？会出现什么样的情况和局面？

一鼓作气

先秦·左丘明《左传》

十年（鲁庄公十年）春，齐师伐我（鲁国）。公（庄公）将战。曹刿（guì）（春秋时鲁国的武士）请见。其乡人曰：“肉食者（指做官享俸禄的人）谋之，又何间（jiàn）（参与）焉？”刿曰：“肉食者鄙（bǐ）（粗俗浅陋），未能远谋。”乃入见。问：“何以战？”公曰：“衣食所安，弗敢专也，必以分人。”对曰：“小惠未徧（fú）（通“遍”，遍及、普遍），民弗从也。”公曰：“牺牲玉帛，弗敢加也，必以信。”对曰：“小信未孚，神弗福也。”公曰：“小大之狱，虽不能察，必以情。”对曰：“忠之属也。可以一战。战则请从。”

公与之乘。战于长勺（鲁国的地名）。公将鼓之（击鼓进军）。刿曰：“未可。”齐人三鼓。刿曰：“可矣。”齐师败绩。公将驰之（追击齐军）。刿曰：“未可。”下视其辙（zhé）（车过后留下的印迹），登轼（shì）（车前供人扶的横木）而望之，曰：“可矣。”遂逐齐师。

既克（战胜），公问其故。对曰：“夫战，勇气也。一鼓作气，再而衰，三而竭。彼竭我盈，故克之，夫大国，难测也，惧有伏焉。吾视其辙乱，望其旗靡（mí）（乱，倒），故逐之。”

【练习】

近义词：一气呵成 ________________ 反义词：一败涂地 ________________

【讲故事懂道理】

春秋时期，齐国进攻鲁国。两军交战，齐军擂鼓震天。鲁庄公见此也要下令击鼓迎击，却受到大将曹刿的阻止："现在还不是时候，我们再等等。"于是鲁庄公没有下令击鼓。不久，齐军再次鼓声大作，然而曹刿还是阻止鲁军作战，等齐军三次擂鼓之后，曹刿才让鲁庄公擂鼓出击。早就摩拳擦掌憋足了劲的鲁军战士如暴风骤雨般冲向了敌人，杀得齐军四处溃逃。庄公此时乘胜追击，曹刿却说时机未到。他下车看了地上的车印，又登高观察敌方溃散的军队，这时他才说可以追了。鲁军大胜后，庄公问曹刿，为什么要这样指挥？曹刿说，打仗靠的是士气，第一次击鼓的时候士兵的士气十足，第二次击鼓士气就开始衰退，到了第三次士气就全都没有了，齐军击了三次鼓，将士们都已经疲惫松懈了，而我们才击第一遍鼓，士气正旺，自然能够打败他们。像齐国这样的大国，他们的情况是难以推测的，虽然他们已经撤退，但怕他们设有伏兵。后来我看到他们的车轮的痕迹混乱了，旗帜也倒下了，所以下令追击他们。

【思考】

1. 如果鲁庄公没有后听取曹刿的意见，你认为他能打赢这场战争吗？

2. 你认为在双方作战中，最重要的是什么？

____

____

相时而动

先秦·左丘明《左传》

君子谓郑庄公："于是乎有礼。礼，经国家，定社稷（jì，土神和谷神，古代中国原始崇拜物。后指国家），序民人，利后嗣（sì，后代）者也。许，无刑而伐之，服而舍之，度德而处之，量力而行之，相时而动，无累后人，可谓知礼矣。"

郑伯使卒出豭（jiā，公猪），行出犬、鸡，以诅（zǔ，诅咒）射颍考叔（郑国大夫，为人正直无私）者。

【练习】

成语接龙：相时而动——动如脱兔——________——________

【讲故事懂道理】

春秋时期，鲁隐公会合齐侯、郑伯讨伐许国。郑国攻下了许国都城。许国士兵四散而逃，许庄公也扮成百姓逃到卫国去了。

郑庄公入城之后，让原许国的大夫百里辅佐许庄公的弟弟许叔继续留在许都，并告诉百里："您应帮助许叔安抚百姓，我将派公孙获来帮助你。我让您住在这里，不仅仅是为了许国，同时也是巩固我国的边疆，希望您不要让其他国家住在逼近我们郑国的地方，防止他们来和郑国争夺这块土地。"郑庄公说，郑国不能长久占有许国，如得善终，他希望许庄公回来治理他的国家。

郑庄公回到郑国，派公孙获驻扎在许国西部边境，对他说："凡是你的器物钱财，不要放在许国。我死了，你就马上离开许国！周王室的地位权力一天天衰微，周的子孙也一天天的失掉所继承的祖先功业。许国是太岳后代，上天既然厌弃周朝的气运了，我们是周的子孙，怎么能和许国相争呢？"

《左传》作者对此评论说：许国违背了法度就征伐它，服了罪就宽恕它，揣度德行而处理，权衡力量办事，看准时机行动，这样就不会牵连到后人，由此可见，郑庄公处理事情是很懂得礼的。

【思考】

1. 郑庄公为什么要让许庄公来治理国家？
2. 如果你是许庄公，你会怎么做？

按兵不动

先秦《吕氏春秋》

赵简子将袭卫，使史默往睹之，期以一月。六月而后反，赵简子曰：“何其久也？”史默曰：“谋利而得害，犹弗（fú，不）察也。今蘧（qú，是）伯玉为相，史鳅（qiū）佐焉，孔子为客，子贡使令于君前，甚听。《易》曰：‘涣（huàn）其群，元吉。’

涣，消除散去。“涣其群，元吉。”是周易中的卦辞，意为解散自己的朋党，使国家得到大吉

涣者贤也，群者众也，元者吉之始也。‘涣其群元吉’者，其佐多贤也。”赵简子按兵而不动。凡谋者，疑也。疑则从义断事。从义断事，则谋不亏。谋不亏，则名实从之。贤主之举也，岂（qǐ，难道）必旗偾（fèn，败坏、破坏）将毙（bì，死）而乃知胜败哉？察其理而得失荣辱定矣。故三代之所贵，无若贤也。

【练习】

近义词：以逸待劳 ________　　反义词：雷厉风行 ________

【讲故事懂道理】

春秋时期，晋国大将赵简子准备攻打魏国，攻打之前赵简子派史默去了解魏国的情况，以便根据具体情况采取适当进攻的办法。

赵简子给史默去魏国的时间是一个月，可是史默却花了六个月的时间才回来，于是赵简子问史默为什么这么长时间才回来，史默回答说："我对魏国的情况做了详细的了解与分析，我们攻打魏国是想得到利益，然而根据我了解的情况，我们如果现在攻打魏国，不但得不到利益，恐怕还会遭到祸殃。因为现在的魏国是遽伯玉为相，有史鳅辅佐，而且孔子正在魏国，孔子的学生子贡也是魏国的谋臣，魏国现在执掌政权的人都是一些有才能的人啊。"赵简子听了以后，觉得说的有理，于是决定暂时按兵不动，等待时机。

【思考】

1. 晋国攻打魏国之前为什么要派赵简子先去了解魏国的情况？
2. 如果你是赵简子，你会用一个月的时间还是用六个月的时间？

____

____

____

声东击西

西汉·刘安《淮南子》

夫飞鸟之挚（zhì，攫取）也，俯其首；猛兽之攫（jué，抓取，掠夺）也，匿（nì，藏起来）其爪；虎豹不外其爪，而噬（shì，咬食）不见齿。用兵之道，示之以柔而迎之以刚，示之以弱而乘之以强，为之以歙（xī，收缩，这里指集中兵力）而应之以张，将欲西而示之以东，先忤（wǔ，逆，不顺从）而后合，前冥（míng，糊涂，愚昧）而后明。若鬼之无迹，若水之无创。故所向非所之也，所见非所谋也。举措动静，莫能识也。若雷之击，不可为备。所用不复，故胜可百全。与玄明通，莫知其门，是谓至神。

【练习】

近义词：围魏救赵 ________

【讲故事懂道理】

《淮南子》，又名《淮南鸿烈》《刘安子》，是西汉皇族淮南王刘安及其门客集体编写的一部道家哲学著作，作者认为此书如道一样包括了广大而光明的通理。刘安撰写《淮南子》的主要目的，是针对初登帝位的汉武帝刘彻，反对他所推行的政治改革。

据书中记载，东汉时期有一个国家叫龟兹国，这个国家常常侵扰其他的国家，让别的国家很是恼怒。这个时候班超正好出使西域想要先对付西域的势力，于是便联合其他的国家想要先攻下龟兹国。想要攻下龟兹国必须先要攻下莎车国，莎车国受到威胁，便向龟兹国求救。龟兹国派五万人援救。班超出使西域，带兵不多，见敌方比自己的实力强，不能硬攻，便想到一个好办法。他命令自己的军队兵分两路假装撤退，并将莎车国的俘虏放掉。俘虏被放了以后马上到龟兹国报信说班超撤退了。龟兹国主一听大喜，于是派兵追击。

班超见龟兹国中计，便又命令军队回击莎车国，莎车国看见班超又返回便知道中计了，但是兵力不足，只好投降。而龟兹国一路追击班超却不见班超军队的踪影，只好收兵回国。

声东击西是指以佯攻假象造成敌人判断的失误，来伪装真正的攻击方向而取胜。

【思考】

1. 如果你是班超，你会用什么办法来夺取龟兹国？为什么？

2. 你感觉龟兹国主为什么会中了班超的计谋？

三字巧谏

西汉·刘向《战国策》

靖郭君将城薛，客多以谏（jiàn）。靖郭君谓谒（yè）者：“无为客通。”齐人有请者曰：“臣请三言而已矣！益一言，臣请烹。”靖郭君因见之。客趋而进曰：“海大鱼。”因反走。君曰：“客有于此。”客曰：“鄙臣不敢以死为戏。”君曰：“亡，更言之。”对曰：“君不闻大鱼乎网不能止钩不能牵荡而失水则蝼（lóu）蚁得意焉。今夫齐，亦君之水也。君长有齐阴（yìn），奚以薛为？失齐，虽隆薛之城到于天，犹之无益也。”君曰：“善。”乃辍（chuò）城薛。

- 靖郭君：齐国大臣田婴，靖郭君是他的封号
- 将城薛：将要修筑薛地的城墙 薛，靖郭君的封邑，在今山东滕州南
- 谏：规劝尊长，使改正错误
- 谒者：靖郭君手下管传达的小吏。谒，说明，传达
- 无为客通：不要给纳谏的人通报
- 三言：三个字
- 益：多
- 反：通“返”
- 有于此：留于此，犹言留在这里继续说
- 亡：通“无”
- 止：阻拦
- 牵：钩住
- 阴：同“荫”，庇护
- 辍：停止，中止

【练习】

讲一个故事，能够体现出三字巧谏的智慧。

【讲故事懂道理】

齐国大臣靖郭君田婴准备在自己的封地薛城修筑城墙，门客们认为这样做很不妥，会引起齐王的猜疑，纷纷劝他不要修。田婴不听，还命守门的人不让劝谏的人进门。

一天，有门客求见田婴说："我只对靖郭君说三个字，多说一字，愿受烹刑。"田婴接见了这个人。此人快步走到田婴面前，果然只说了三个字："海、大、鱼"，然后转身就走。

田婴好奇，请他留步，恕其无罪，让他讲清"海大鱼"是什么意思。

门客答道："您没有听说过海里的大鱼吗？当它在海里时，鱼网捕不住它、钓钩牵不动它；可一旦它离开了大海，被冲到沙滩上，那么就连蝼蚁都可以轻易地拿它当美餐。现在，齐国就是您的大海，如果您能够一直得到齐国的庇护，还需要在乎薛邑有没有城墙吗？如果失去了齐国这个'大海'，即便把薛邑的城墙修得跟天一样高，也没有什么意义。"

田婴听了大受启发，连声道："说得好！"立即下令停止修筑薛地城墙。

【思考】

1. 大鱼的比喻告诉我们什么样的道理？

2. 在生活中，当别人认为你做的事情不恰当的时候，你应该怎么办？

知才远见

西汉·刘向《战国策》

靖郭君善齐貌辨。齐貌辨之为人也多疵（cī，作“訾”，说人坏话），门人弗说（通“悦”，喜欢）。士尉以证靖郭君，靖郭君不听（接受），士尉辞而去。孟尝君又窃（私自，暗自，偷偷地）以谏，靖郭君大怒曰：“划而类（铲除我们这个家族），破吾家。苟而慊（qiè，满足）齐貌辨者，吾无辞为之。”于是舍之上舍，令长子御，旦暮进食。数年，威王薨，宣王立。靖郭君之交，大不善（友好，亲善）于宣王，辞而之薛，与齐貌辨俱留。无几时，齐貌辨辞而行，请见宣王。靖郭君曰：“王之不说婴甚，公往，必得死焉。”齐貌辨曰：“固不求生也，请必行。”靖郭君不能止。齐貌辨行至齐，宣王闻之，藏（cáng）怒以待之。齐貌辨见宣王，王曰：“子，靖郭君之所听爱夫！”齐貌辨曰："爱则有之，听则无有。王之方为太子之时，辨谓靖郭君曰：'太子相不仁，过颐豕视（下巴过大，看起来像猪），若是者倍反。不若废太子，更立卫姬婴儿郊师。'靖郭君泣而曰：'不可，吾不忍也。'若听辨而为之，必无今日之患也。此为一。至于薛，昭阳请以数倍之地易薛，辨又曰：'必听之。'靖郭君曰：'受薛于先王，虽恶于后王，吾独谓先王何乎！且先王之庙在薛，吾岂可以先王之庙与楚乎'，又不肯听辨。此为二。"宣王太息，动于颜色，曰："靖郭君之于寡（guǎ）人一至此乎！寡人少，殊不知此。客肯为寡人来靖郭君乎？"齐貌辨对曰："敬诺。"靖郭君来衣威王之衣，冠舞其剑，宣王自迎靖郭君于郊，望之而泣。靖郭君至，因请相之。靖郭君辞，不得已而受。七日，谢病强辞。靖郭君辞不得，三日而听。

【讲故事懂道理】

春秋时期，养客成为贵族地位和财富的象征，各诸侯国的公族子弟都养着大批门客，有人有真才实学，关键时刻替主人办事，但也有人徒有虚名、骗吃骗喝。

靖郭君田婴有位门客叫齐貌辨，此君为人不拘小节，其他门客都讨厌他，纷纷劝说靖郭君赶走他，但靖郭君十分信任齐貌辩，不仅没赶走，还厚待他。

宣王即位，他是田婴的异母兄，关系一般。田婴就离开首都住到自己的封土薛城，齐貌辩同行。没多久，齐貌辩辞别田婴回齐国都城临淄觐见宣王。宣王没好气地问："你是靖郭君手下的宠臣，靖郭君是不是一切都听你的呢？"

齐貌辩回答："并非如此。当君王还是太子时，臣曾对靖郭君说：'太子长相不仁，若当国王，施政必然违背正道；不如废掉太子，改立卫姬之子效师。'靖郭君竟哭着对臣说：'我可不忍心这样做。'假如靖郭君一切都听臣的话，那他也不会遭受今天这样的迫害。另外，楚相昭阳要用几倍的土地来换薛地，我建议接受这个请求，靖郭君却说：'薛地是先王所封，如果交换出去，我死后如何向先王交待？况且先王的宗庙就在薛地，难道这也交给楚国吗！'"

齐宣王听了，不禁动容长叹，深深懊悔，就请齐貌辨替他把靖郭君请回来。齐宣王亲自到郊外迎接，动情落泪。回到朝廷，齐宣王就请靖郭君做国相，靖郭君辞谢多次才勉强答应。

并非每个人都有"知人之明"，让一个人甘心为自己赴汤蹈火、肝脑涂地绝非易事，这既需要物质上的接济帮助，更需要心灵上的肝胆相照。靖郭君力排众议，坚持自己的判断，实在是人中豪杰；"士为知己者死"，齐貌辨也不负靖郭君的器重和信任，以卓越的口才与谋略，用丑化自己来展现靖郭君的忠心和伟大，为主人挽回了一切。

【练习】

请你讲一个故事，能够体现出“知才远见”的智慧。

【思考】

1. 从这个故事中可以看出靖郭君是一个什么样的人？

2. 这个故事给你的生活带来了什么启示？

比美论谏

西汉·刘向《战国策》

邹忌修八尺有余，而形貌昳（yì）丽。朝（zhāo）服衣冠，窥镜，谓其妻曰："我孰与城北徐公美？"其妻曰："君美甚，徐公何能及君也？"城北徐公，齐国之美丽者也。忌不自信，而复问其妾曰："吾孰与徐公美？"妾曰："徐公何能及君也？"旦日，客从外来，与坐谈，问之客曰："吾与徐公孰美？"客曰："徐公不若君之美也。"明日徐公来，孰视之，自以为不如；窥镜而自视，又弗如远甚。暮寝而思之，曰："吾妻之美我者，私我也；妾之美我者，畏我也；客之美我者，欲有求于我也。"

修八尺：修，长，这里指身高。八尺，战国时一尺约合今天的七寸左右

昳丽：光艳美丽

朝服衣冠：早晨穿戴好衣帽。服，穿戴。朝，早晨

窥镜：照镜子

孰：谁，哪一个

及：比得上

旦日：明日，第二天

弗如远甚：远远地不如。弗：不

私：偏爱，动词

于是入朝（cháo）见威王，曰：“臣诚知（确实知道）不如徐公美。臣之妻私臣，臣之妾畏臣，臣之客欲有求于臣，皆以美于徐公（都认为我比徐公美。以：以为，认为。于：比）。今齐地方千里，百二十城，宫妇左右莫不私王，朝廷之臣莫不畏王，四境之内莫不有求于王：由此观之，王之蔽（蒙蔽，这里指指受蒙蔽）甚矣。”

王曰：“善。”乃下令：“群臣吏民，能面刺（当面指责。面，当面。刺，指责，议论）寡人之过者，受上赏；上书谏寡人者，受中赏；能谤讥于市朝，闻寡人之耳者，受下赏。”令初下，群臣进谏，门庭若市；数月之后，时时而间（jiàn）（间或，偶尔，有时候）进；期（jī）年（满一年。期，满）之后，虽欲言，无可进者。

燕、赵、韩、魏闻之，皆朝于齐。此所谓战胜于朝廷。

【练习】

查查字典，读懂全文。

【思考】

1. 邹忌通过一个生活常识引申出了一个道理，你也能从日常生活中的事情引申出道理吗？

2. 谈谈自己的认识与他人态度之间的关系。

【讲故事懂道理】

邹忌身高八尺多，身材魁梧，相貌英俊。一天早晨他穿戴好边照镜子边问他的妻子：“我与城北徐公相比，谁美？”

妻子说：“您美极了，徐公哪里比得上您呢？”

城北的徐公是齐国的美男子，邹忌不相信自己会比徐公美，于是又问他的妾同样的问题，妾说：“徐公哪里比得上您呢！”

第二天，有客人来访，邹忌与他闲谈，问客人：“我和徐公谁更美？”客人说：“徐公不如您美啊。”

转天，徐公来访，邹忌仔细端详他，自认不如徐公美；再照镜子看看，觉得远不如人家。

晚上他想：妻子认为我美，是偏爱我；妾认为我美，是惧怕我；客人认为我美，是有求于我。于是，邹忌上朝拜见齐威王说：“如今的齐国，土地方圆千里，有一百二十座城池，宫中的妃子及身边的侍从，没有不偏爱您的；朝中大臣，没有不惧怕您的；国内百姓，没有不对您有所求的。由此看来，大王受蒙蔽很深啊！”

齐威王表示赞同，并下令：所有大臣、官吏、百姓，能当面批评我的，上等奖赏；能上书劝谏我的，中等奖赏；在公共场所指责议论我、传到我耳朵里的，下等奖赏。”

政令一出，许多官员都来进言，宫廷就像集市一样；几个月以后，偶尔有人来进谏；一年后，即使想说，也没有什么可进谏的了。燕、赵、韩、魏等国听说了这件事，都到齐国来朝见齐王。这就是内政修明，不需用兵就能战胜敌国。

高枕无忧

西汉·刘向《战国策》

为大王计（计算，考虑），莫如事秦，事秦则楚、韩必不敢动；无楚、韩之患，则大王高枕而卧，国必无忧矣。

【练习】

近义词：无忧无虑 ____________　反义词：忧心忡忡 ____________

【思考】

1. 最后魏王真的“高枕无忧”了吗？请查资料，说一说魏国的历史结局。
2. 你觉得张仪是凭借什么说服魏襄王的呢？

____

____

____

【讲故事懂道理】

战国时诸侯兼并，纷争不断。师出鬼谷子的张仪和苏秦，分别是“连横”与“合纵”的代表人物。张仪事秦，“事一强以攻众弱”，又采用远交近攻之策连横破纵，确立了秦国无可争议的霸主地位。苏秦帮助燕国灭齐，“合众弱以攻一强”，游说六国联合抗秦，故称合纵。

本文说的就是张仪游说魏襄王。他首先从地理位置的角度，讲明魏国四周地势平坦，与四方诸侯交通便利，没有高山深川的阻隔，周围强国环伺，偏向任一邻国，都可能导致其他国家的攻击，处于一个四分五裂的地理位置；再分析抗衡强秦的联盟和合纵战略的不可靠，由于利益不同、人心不合，终究会成为一盘散沙。就连一奶同胞的亲兄弟，还有争斗不停的，何况依靠欺诈虚伪、反复无常的合纵策略联合的国家之间，要坚守信约显然不可能。当然，张仪的游说背后是武力威胁。他说，秦国一旦挟制韩国，攻打魏国，魏国离灭亡就不远了；若归顺秦国，楚韩必定不敢轻举妄动，没了楚韩的侵扰，大王就可以垫起高高的枕头，安稳地睡觉，国家也一定没有忧患了。

围魏救赵

西汉·刘向《战国策》

邯郸（hán dān）之难，赵求救于齐。田侯召大臣而谋曰：“救赵孰与勿救？”邹子曰：“不如勿救。”段干纶曰：“弗救，则我不利。”田侯曰：“何哉？”“夫魏氏兼邯郸，其于齐何利哉！”田侯曰：“善。”乃起兵，曰：“军（驻扎）于邯郸之郊。”段干纶曰：“臣之求利且不利者，非此也。夫救邯郸，军于其郊，是赵不拔而魏魏也。故不如南攻襄（xiāng）陵以弊（bì，使……疲惫，疲于奔命）魏，邯郸拔而承魏之弊，是赵破而魏弱也。”田侯曰：“善。”乃起兵南（向南）攻襄陵。七月，邯郸拔。齐因承魏之弊，大破之桂陵。

【练 习】

近义词：声东击西 ______________　　反义词：围城打援 ______________

【讲故事懂道理】

话说战国时代，魏国国丧时，属国中山被赵国强占，魏惠王为解中山旧恨，派大将庞涓攻打赵国。赵都城邯郸被围，赵成侯向齐国求救，并许诺解围后以中山相赠。

齐威王（田侯）与大臣们商议救赵还是不救？相国邹忌主张不救赵。段干纶说："魏国吞并了邯郸，对齐国不利。"齐威王于是下令出兵救赵，屯兵于邯郸郊外。段干纶说："我所说的救赵有利或不利，不是直接出兵。如果驻军于邯郸郊外，赵、魏两国就会休战，这样，赵国既不会被魏国打败，魏国也保全了实力。我们要南下进攻魏国的襄陵，使魏军南北都疲于奔命。如果邯郸被魏军攻克，我军就趁其疲惫之际攻击魏军，削弱魏国。"

齐威王采纳段干纶的建议，兵分两路，一路去邯郸救赵，一路南下进攻襄陵。七月，邯郸被魏军攻克，齐军则趁机大败魏军于桂陵，解了赵国之围。这是中国历史上的著名战例，被列为三十六计中的重要一计，这一避实就虚的战法为历代军事家所欣赏，至今仍有意义。

【思 考】

1. 如果齐国派你去救援赵国，你会采用什么办法？

2. 齐军攻打魏国都城大梁后为什么又在桂陵埋伏魏军？

____

____

门缝窥夫

西汉·司马迁《史记》

晏子为齐相，出，其御（车夫）之妻从门间（缝隙）而窥（kuī）。其夫为相御，拥大盖，策驷（sì）马，意气扬扬，甚自得也。既而归，其妻请去。夫问其故，妻曰："晏子长不满六尺，身相齐国，名显诸侯。今者妾观其出，志念（志向和思想）深矣，常有以自下者（退让，尊人屈己）。今子长八尺，乃为人仆御，然子之意，自以为足。妾以是求去也。"其后，夫自抑损（谦虚退让）。晏子怪而问之，御以实对，晏子荐以为大夫。

【练习】

谈谈他人的评价对于我们做事情态度的影响。

【讲故事懂道理】

晏子做齐国国相的时候，有一天乘车外出，车夫的妻子从门缝偷偷往外一看，只见自己的丈夫为晏子驾车，他坐在大圆伞盖下，挥鞭赶着高头大马，神气活现的样子。

车夫一回来，他的妻子就请求离家。车夫不解，询问原因，妻子说："晏子身高不到六尺，身为齐国宰相，在诸侯中都是大名鼎鼎的，可我刚才看到他很稳稳地坐在车上，深沉而又谦逊。而你身高八尺，不过就是个车夫，却一副趾高气扬、得意扬扬的样子。你这样怎么会有出息呢？所以我要求离开你。"

车夫听了深感惭愧，从此变得谦逊谨慎起来。车夫的这一变化，使晏子感到奇怪，就问原因，车夫如实相告。晏子对车夫勇于改过的态度感到满意，便推荐他做了大夫。

车夫的妻子实在是个有见地的女人。她深知有本事、有志向的人，大都谦虚谨慎；而那些骄傲自满、趾高气扬的人，大都眼光短浅、志向不高。

【思考】

1. 车夫妻子的一番话，用意是为何？

2. 车夫开始时为什么会自以为是？

田忌赛马

西汉·司马迁《史记》

齐使者如梁，孙膑以刑徒阴见，说齐使。齐使以为奇，窃载与之齐。齐将田忌善而客待之。忌数与齐诸公子驰逐重射。孙子见其马足不甚相远，马有上、中、下辈。于是孙子谓田忌曰："君弟重射，臣能令君胜。"田忌信然之，与王及诸公子逐射千金。及临质，孙子曰："今以君之下驷与彼上驷，取君上驷与彼中驷，取君中驷与彼下驷。"既驰三辈毕，而田忌一不胜而再胜，卒得王千金。于是忌进孙子于威王。威王问兵法，遂以为师。

如：往，到……去

阴：秘密

数：屡次，多次

驰逐：驾马车竞逐

重射：下很大赌注赌输赢。射，打赌

【练习】

举一个你身边的故事，能够体现出“田忌赛马”的智慧。

【讲故事懂道理】

齐国大将田忌很喜欢赛马。有一次他和齐威王相约比赛，结果输了。田忌心里不服，又找齐威王赛马，结果还是输了。田忌很扫兴，比赛还没有结束，就垂头丧气地离开赛马场。

田忌的好朋友孙膑看了田忌和齐威王的比赛，拍着他的肩膀说：“你再去与齐威王比赛一次，我保证你能赢。”田忌却没有信心。孙膑胸有成竹地说：“你按照我的安排做，我保证你赢。”

于是田忌就又找齐威王进行比赛。一声锣响，比赛开始了。这次比赛却真的和以往不同。孙膑先用下等马跟齐威王的上等马比，第一局田忌输了。第二局他又用上等马对齐威王的中等马，获胜了一局。齐威王见此有点儿慌乱了。第三局比赛，孙膑拿中等马对齐威王的下等马，又胜了一局。这下，齐威王目瞪口呆了。比赛的结果是三局两胜，田忌赢了齐威王。

还是同样的马匹，由于调换一下比赛的出场顺序，就转败为胜了。

【思考】

1. 田忌与齐威王赛马很多次都输了，为什么最后一次赢了？为什么会赢？
2. 如果你是齐威王，当你看到田忌将赛马的顺序调换了以后，你会想出什么办法来应对？

戴盆望天

西汉·司马迁《报任安书》

且事本末，未易明也。仆少负（仗恃）不羁（jī；非凡的、不可拘束的）之才，长无乡曲（乡里）之誉（yù）。主上幸以先人之故，使得奏薄伎，出入周卫（指防卫周密的宫禁）之中。仆以为戴盆何以望天（指无法同时实现的一对矛盾，既然专心公职，就没有闲暇私交），故绝宾客之知，亡室家之业，日夜思竭其不肖之才力，务一心营职，以求亲媚于主上，而事乃有大谬（miù）不然者！

【练习】

请用“戴盆望天”造句。________________

【讲故事懂道理】

这个典故出自司马迁的《报任安书》，意思是说，头上顶着盆不可能看到天。作者用来比喻自己忙于职守，无暇他顾。

司马迁38岁时继承父亲的职位成为太史令，这是记载史事、编写史书，兼管国家典籍、天文历法的官职，作者文中自谦，说自己年少无才，幸亏皇上让他继承太史令，才有机会奉献自己微薄之力，出入宫禁之中。所以自己谢绝宾客，忘掉家事，效忠朝廷，专心职守，以求得皇上的信任和恩宠。然而，世间事并非有因就有果，事实与愿望常常截然不同。

司马迁47岁时，因为李陵之祸入狱，出狱后任中书令，开始《史记》的创作。此时故友任安写信给他，请他"推贤进士"。由于自己的遭遇和处境，直到任安因罪下狱，临刑前司马迁才写了这封回信，这一年司马迁53岁。在信中，他以无比激愤的心情，向朋友、也向世人诉说了自己因李陵之祸所受宫刑的奇耻大辱，倾吐了内心郁积已久的痛苦与愤懑，沉痛控诉了人间暴政对人性的扼杀和扭曲。

《报任安书》中，司马迁用千回百转之笔，表达了自己的光明磊落之志、愤激不平之气和曲肠九回之情，援古证今，明理达情，如泣如诉，气贯长虹。难怪前人评价此文"感慨啸歌有燕赵烈士之风，忧愁幽思则又直与《离骚》对垒"。司马迁通过富有特色的语言，真切地表达了激扬喷薄的愤慨之情，表现出高洁伟岸的人性品格。

【思考】

1. 司马迁在《报任安书》里面叙述了自己因李陵事件蒙受的奇耻大辱，从这里你能看出他写《史记》的初衷吗？

2. 戴盆望天这个比喻，可以运用在生活中什么地方？

孟母三迁

西汉·韩婴《韩诗外传》

昔孟子少时，父早丧，母仉(zhǎng)氏守节。居住之所近于墓，嬉游为墓间之事(指埋葬、祭扫死人一类的事)。孟母曰：“此非吾所以居处子(安顿儿子)。”乃去，舍市旁。其嬉游为贾人(商贩)炫卖(炫卖，沿街叫卖，夸耀)之事。孟母又曰：“此非吾所以处吾子也。”复徙居(搬家)学宫之旁。其嬉游乃设俎豆(古代祭祀用的两种盛器，此指祭礼仪式)，揖(yī)让进退。孟母曰：“真可以处居子矣。”遂居。及(等到)孟子长，学六艺，卒成大儒(圣贤)之名。君子谓孟母善以渐化。

【练习】

请你用“孟母三迁”造一个句子。________________

【讲故事懂道理】

孟子是战国时期的大思想家，是儒家学派的代表人物，人称“亚圣”。但是，他小时候也是个淘气包。孟子从小丧父，全靠母亲仉氏一人日夜纺纱织布，维持生活。仉氏是个勤劳而有见识的女性，她希望自己的儿子读书上进，早日成才。

孟子小时候和母亲住在墓地旁边。孟子就和邻居小孩一起学着大人跪拜哭嚎的样子，玩起办理丧事的游戏。孟母见了就决定搬家。新家旁边是个市集，靠近杀猪宰羊的地方。孟子又和邻居小孩学起做生意来，孟子的妈妈知道了，觉得这里也不适合孩子来居住。于是，他们又搬家了。

这次，她把家搬到一所私塾旁边，一个胡子花白的先生教着一群大大小小的学生。调皮的孟轲也被母亲送去读书。可是有一天，孟轲逃学了，孟母知道后伤透了心。等孟轲玩够了回来，孟母把他叫到身边，然后抄起剪刀，把织机上将要织好的布全剪断了。孟母说：“你贪玩逃学，就像剪断的布一样，成了废品。织不成布，就没有衣服穿；不好好读书，就永远成不了才。”这一次，孟轲心里真正受到了震动。他认真地思考，明白了妈妈的苦心，从此专心读起书来。由于他天资聪明，后来又专门跟孔子的孙子子思学习，终于成了跟孔子齐名的大儒。

【思考】

1. 孟母为什么要三次搬家？

2. 你认为环境对一个人的成长来说重要吗？

群策群力

西汉 · 杨雄《法言》

天不人不因，人不天不成。

或问："楚败垓（gāi）下，方死，曰：'天也。'谅（liàng）乎？"

楚：此指项羽　垓下：汉代地名，今安徽省灵璧县东南。　方：将　谅：相信

曰："汉屈群策，群策屈群力。楚憞（duì）群策而自屈其力。屈人者克，自屈者负。天曷（hé）故焉。"

汉：此指刘邦　屈：竭尽　群策：众人的计谋　憞：同"憝"，怨恨、憎恶　克：战胜、攻破　负：失败　天曷故焉：和天命有什么关系呢？曷，通"何"

【练习】

近义词：集思广益 ______　反义词：一意孤行 ______

【思考】

1. 刘邦战胜项羽的原因是什么？

2. 别人的意见对于我们做事情有什么好处？有什么坏处？

______

______

【讲故事懂道理】

根据《史记·卷七·项羽本纪》的记载，秦朝末年，天下大乱，各地有志之士，都纷纷起来抗秦，势力最大的是项羽所率的楚军。项羽大破秦军，杀秦王子婴，自立为西楚霸王。秦朝灭亡之后，楚、汉争夺天下，项羽刚愎自用，不听谋士范增的意见，结果在垓下这个地方，刘邦的汉军重挫了项羽的楚军，之后项羽突破重围逃到乌江，他觉得没有颜面回去见故乡的父老，于是自刎而死。临死前他说："此天亡我，非战之罪也。"意思是说：我的失败，是上天要我这样，并不是由于我的战略和战术的错误。

项羽将自己失败的原因归为天命所致，但汉朝的大文学家扬雄不赞同，在他所著的《法言》一书中论到楚汉相争之所以汉胜楚亡，是因为刘邦懂得运用众人的计策和力量，他的手下有萧何、张良、韩信、陈平等人为他出谋划策，帮助他消灭楚军，最后统一天下；而项羽因为不能知人善任，刚愎自用，最后落得兵败自刎的下场，这和天命有什么关系呢？

后来"群策群力"这句成语就从原文中的"汉屈群策，群策屈群力"演变而出，用来指聚合众人的智慧和能力。

百闻不如一见

东汉·班固《汉书》

行兵之法，斥堠(hóu)为先。平易用骑，险阻用步。

亦作“斥候”。谓侦察，候望；亦指侦察人员

每五人为甲，人持一白旗，远则军前后左右，接续候望。若见贼兵，以次递转，告白主将，令众预为之备。法曰：“以虞待不虞者胜。”汉

语出《孙子兵法·谋攻篇》，以有戒备的军队攻打防御松弛的军队可以获胜

宣帝时，先零诸羌(qiāng)叛，犯边塞，攻城邑，杀长吏。时后将军赵充国，年七十余，上老之，使问谁可将者，充国曰：“百闻不如一见。兵难隃

隃，通“遥”，遥远

duó

度，臣愿驰至金城，图上方略。然羌戎小夷，

推测，估计　郡名。治所允吾，位于今甘肃永靖西北　进行实地侦察后绘出地图，标明敌我双方的军事部署，并注明我方作战计划，作为决策依据

逆天背叛，灭亡不久，愿陛下属之老臣，勿以为忧。”上笑曰：“诺。”充国至金城，须兵满万骑，欲渡河，恐为虏所遮。即夜遣三校衔枚先

校，古代军队编制单位。三校，这里也可理解为三支部队

渡，渡辄营阵，会明，遂以次尽渡。虏数十百骑来，出入军傍。充国曰：“吾士马新至，困倦不可驰逐。此皆骁骑难制，又恐其为诱兵也。击虏以殄灭为期，小利不足贪。”令军中勿击。

【练习】

用“百闻不如一见”造句。________________________________

【讲故事懂道理】

西汉宣帝时期，羌人侵入边界。攻城夺地，烧杀抢掠。宣帝召集群臣计议，询问谁愿领兵前去拒敌。七十六岁的老将赵充国，曾在边界和羌人打过几十年的交道。他自告奋勇，担当这一重任。宣帝问他要派多少兵马，他说：“听别人讲一百次，不如亲眼一见。用兵是很难在遥远的地方算计好的。我愿意亲自到那里去看看，然后确定攻守计划，画好作战地图，再向陛下上奏。”

经宣帝同意，赵充国带领一队人马出发。队伍渡过黄河，遇到羌人的小股军队。赵充国下令冲击，一下子捉到不少俘虏。兵士们准备乘胜追击，赵充国阻拦说：“我军长途跋涉到此，不可远追。如果遭到敌兵伏击，就要吃大亏！”部下听了，都很佩服老将的见识。赵充国观察了地形，又从俘虏口中得知敌人内部的情况，了解到敌军的兵力部署，然后制定出屯兵把守、整治边境、分化瓦解羌人的策略，上奏宣帝。不久，朝廷就派兵平定了羌人的侵扰，安定了西北边疆。

【思考】

1. 赵充国为什么一定要亲自实地考察地形，了解敌人内部情况？

2. 亲眼见到和听说哪种更好？为什么？

____

____

偃旗息鼓

西晋·陈寿《三国志》

云（指赵云）入营，更大开门，偃（yǎn，放倒）旗息（停止）鼓，公（指曹操）军疑云有伏兵，引去。

【练习】

近义词：鸣金收兵 ________　　反义词：大张旗鼓 ________

【思考】

1. 偃旗息鼓是不是真的就停止战争了？

2. 什么时候应该偃旗息鼓，而什么时候应该乘胜追击？

____

____

____

【讲故事懂道理】

在一次战斗中，蜀将黄忠杀死了曹将夏侯渊，并夺取了战略要地。曹操非常恼火，把米仓移到汉水旁的北山脚下，亲率大军向阳平关大举进攻。黄忠、张著商议趁夜烧劫魏军粮草。临行前赵云和他们约定了返回时间，过期不归就带兵出寨接应，正与曹操亲自统率的部队相遇。赵云同曹军厮杀起来，把曹军打得丢盔弃甲，救回了黄忠和张著。

曹操没有善罢甘休，指挥大队人马追杀赵云，直扑蜀营。赵云的副将张翼见赵云已退回本寨，后面追兵来势凶猛，便要关闭寨门拒守。赵云下令大开营门，偃旗息鼓，准备放曹军进来；一面又命令弓弩手埋伏在寨内外，然后自己单枪匹马站在门口等候敌人。

生性多疑的曹操追到寨门口，心想，寨门大开，必有伏兵，即匆忙下令撤退。就在曹操调头后退的时候，蜀军营里金鼓齐鸣，杀声震天，飞箭如雨般向曹军射击。曹军惊慌失措，夺路逃命，自相践踏。赵云趁势夺了曹军的粮草，杀死了曹军大批兵马，得胜回营。

这个成语是放倒军旗，停击军鼓的意思，本意是形容军队隐蔽行动或借指停止战斗。后来也用来比喻停止论争或事情中止。

曹冲称象

西晋·陈寿《三国志》

冲少聪察，生五六岁，智意所及，有若成人之智。时孙权尝致大象，太祖（曹操，即曹冲之父）欲知其斤重，访（询问）之群下，咸（都）莫能出其理（办法；道理）。冲曰："置象大船之上，而刻其水痕所至，称物以载之，则校（通"较"，比较）可知矣。"太祖大悦（高兴，开心），即施行焉（按这办法做了）。

【练习】

说说称象的其他方法：____________________

【思考】

1. 你觉得曹冲在如此小的年纪就能想出称象的好办法除了聪明还有什么原因？
2. 你通过这个故事能在实际生活中举一反三，找出类似的例子吗？

____

【讲故事懂道理】

有一次，吴国孙权送给曹操一只大象，他很好奇这只大象会有多重？于是叫他的手下想办法去称一称。但是大家想来想去都没有想出好的办法。就在这时，从人群里走出一个小孩站到大家面前说：“我有办法，我有办法！”曹操一看，正是他心爱的小儿子曹冲，就笑着说：“你小小年纪，有什么办法？”

曹冲说：“我称给你们看，你们就明白了。”

只见他叫人牵了大象，跟着他到河边去。并命人把大象牵到河边的一只很大的空船上。大象上了船，船就往下沉了一些。曹冲说：“齐水面在船帮上划一道记号。”记号划好了以后，曹冲叫人把大象牵上岸来。又命人把一筐筐的石头抬到船上去，直到船下沉到刚刚画的那一条线上为止。最后又命人把船上的石头都抬下来并一一称过，并骄傲地对着大家说：“这些石头的重量就是大象的重量了！”大家看完这一切都明白了：石头装上船和大象装上船，那船下沉到同一记号上，可见，石头和大象是同样的重量；再把这些石块称一称，把所有石块的重量加起来，不就是大象的重量了吗？

添字得驴

西晋·陈寿《三国志》

诸葛恪（kè）字元逊（xùn），诸葛亮兄瑾之长子也。恪父瑾面长似驴。一日，孙权大会群臣，使人牵一驴入，以纸题其面曰：诸葛子瑜。恪跪曰：“乞（qǐ）请笔益两字。”因听与笔。恪续其下曰：“之驴。”举坐欢笑。权乃以驴赐（cì）恪。

诸葛恪：三国琅琊都阳人，字元逊。曾任吴国将军、丹阳太首。后辅吴主孙亮，任大将军

乞：求

益：增加

赐：赏赐

【练 习】

请用自己的话复述这个故事。

【思 考】

1. 从这个故事中可以看出诸葛恪是一个什么样的人？

2. 如果让你填字，你写什么字？为什么？

【讲故事懂道理】

诸葛恪（203—253），字元逊，琅琊阳都（今山东沂南）人。三国时期东吴权臣，蜀汉丞相诸葛亮之侄，大将军诸葛瑾长子。他从小就以神童著称，深受孙权赏识，才 20 岁就拜骑都尉。孙登为太子时，诸葛恪为左辅都尉，东宫幕僚领袖。他为孙权临终前的托孤大臣之首，任太子太傅，孙亮继位后，诸葛恪拜太傅，开始掌握吴国军政大权。

诸葛恪的父亲诸葛瑾面孔狭长，像驴脸。一天，孙权聚集大臣们，让人牵一头驴来，用笔在纸上写了“诸葛子瑜”，贴在驴的脸上。诸葛恪跪下来说：“求大王让我加两个字。”孙权答应，给他笔。诸葛恪在那张纸上接下去写上：“之驴”。所有人都笑了。于是孙权就把这头驴赐给了诸葛恪。

诸葛恪用他的急智缓解了父亲的窘迫，可见诸葛恪是个才思敏捷、善于应对、机智聪明的年轻人。当我们遇到难题时，先不要急，可以换一种方式，或许会像文中的诸葛恪一样，有意想不到的收获。

不过，话说孙权这个玩笑是不是有点儿过了？

刮目相看

西晋·陈寿《三国志》

初，权谓吕蒙曰：“卿今当涂（当道，当权）掌事，不可不学！”蒙辞（推托）以军中多务。权曰：“孤岂欲卿治经为博士邪！但当涉猎，见（了解）往事耳。卿言多务，孰若孤？孤常读书，自以为大有所益。”蒙乃始就学。

及（到了……的时候）鲁肃过寻阳，与蒙论议，大惊曰：“卿今者才略，非复吴下阿蒙！”蒙曰：“士别三日，即更刮目相待，大兄何见事之晚乎！”肃遂拜蒙母，结友而别。

【练习】

近义词：另眼相看 ________　反义词：横加白眼 ________

【讲故事懂道理】

东吴有一个人叫吕蒙，他出身贫寒，没有读书的机会。但是他英勇善战，被东吴主君孙权重用。孙权知道打仗不只是要靠英勇，也要靠智慧，也知道吕蒙从小没有读过书，所以便启发吕蒙去学习知识。吕蒙刻苦好学，很快便对各个方面有了新的见解。

孙权手下还有一位军师叫鲁肃，他以前见过吕蒙，知道他是个大老粗，很是看不起。听闻吕蒙在学习知识，心想："他能学出什么名堂来？"

这一天，鲁肃和吕蒙又见面了，吕蒙设宴款待鲁肃。席间，吕蒙问起鲁肃对于与蜀国大将关羽为邻，有何打算，鲁肃回答说："兵来将挡，水来土掩，到时候自有解决的办法。"吕蒙听后说："关羽是一个野心勃勃的人，虽然我们现在与他交好，但并不知道以后情况会如何，所以我们应该提早做好战略决策，以防万一啊！"说罢，又向鲁肃说出了自己筹划好的五个策略。鲁肃听后连连佩服，拍着吕蒙的肩膀说："听闻老弟学习知识，本以为只是玩玩而已，真没想到老弟的学识与谋略真是大为增长啊，真是令我刮目相看啊！"

【思考】

1. 在古代学习知识很重要，你认为在当代学习知识重要么？为什么？
2. 你认为吕蒙能从一个大老粗变成一个有学识有谋略的人，靠的是什么？为什么？
3. 这个故事给了我们一个什么样的启发？

凿壁借光

东晋·葛洪《西京杂记》

匡衡(héng)勤学而无烛，邻舍有烛而不逮(dài，到，及)，衡乃穿壁引其光，以书映光而读之。邑(yì)人(同县的人)大姓文不识，家富多书，衡乃与其佣(yōng，帮助，被雇用)作而不求偿(报偿，工钱)。主人怪(感到奇怪)，问衡，衡曰："愿得主人书遍读之。"主人感叹，资(借)给以书，遂(于是就)成大学(大学问家)。

【练习】

说说跟凿壁借光类似的刻苦学习的故事，最好是成语。

【思考】

1. 看到匡衡这么刻苦地学习，你有什么感受？

2. 现在社会上还有很多像匡衡一样家庭贫困却热爱学习的孩子，你想对他们说什么呢？

【讲故事懂道理】

匡衡，字稚圭，西汉后期人，西汉经学家，祖籍东海郡丞邑（今山东兰陵县匡王村），为求学迁居邹邑（今山东邹城市）羊下村。匡衡以解读《诗经》著称，时人都说，听匡衡解读《诗经》，会让人心情舒畅，可见匡衡对《诗经》理解之深。公元前 36 年匡衡官拜丞相，封乐安侯，总理全国政务。

匡家世代务农，但匡衡却十分好学，从小酷爱读书，因家穷买不起书，只好借书来读。那个时候，书是非常贵重的，有书的人不肯轻易借给别人，匡衡就在农忙时节给有钱的人家打短工，所挣的工钱都用来买书、买纸笔。匡衡白天干活，晚上读书，但他家没有足够的灯油供他学习使用，一天晚上，匡衡发现，家里墙上的裂缝处透出一线光亮，匡衡灵机一动，就把墙上的裂缝凿大成一个孔，让邻居家的烛光透过来，他就捧着书本，在小洞前借着"偷"来的烛光读书。

同县有一位名叫文不识的大户人家，家里收藏很多书简，匡衡就去他家打工，却不要任何工钱，只要求雇主能把家中的书借给他读。主人被他勤奋好学的精神所感动，就答应了他的请求。从此，匡衡就有了极好的读书机会。

史书上说，匡衡精力充沛，超越常人，文家丰富的藏书，加上匡衡本人的勤奋努力，终于把他造就成为一位学识渊博的经学大师。

断织劝学

南朝·宋·范晔《后汉书》

羊子尝行路，得遗金一饼，还以与妻（回家后，把它交给妻子）。妻曰：“妾闻志士不饮‘盗泉’之水，廉（lián）者（廉洁刚正的人）不受嗟（jiē）来之食（指侮辱性的施舍或用不正当手段获得的财物），况拾遗求利，以污其行（玷污自己行为）乎！”羊子大惭，乃捐（丢弃，舍弃。现在，此义仅保存在成语中，如“为国捐躯”）金于野，而远寻师学。

一年来归，妻跪（古人席地而坐，跪时腰伸直，示敬之意）问其故，羊子曰：“久行怀思，无它异（没有什么特殊的原因）也。”妻乃引刀趋机而言曰：“此织生自蚕茧，成于机（织布机）杼（zhù）（机上的梭子）。一丝而累，以至于寸，累寸不已（不停地一寸一寸地积累），遂成丈匹。今若（假若）断斯织也，则捐失（失去、丢弃）成功，稽（jī）废（稽延荒废）时日。夫子积学（积累学识），当‘日知其所亡（通“无”，没有）’，以就懿（yì）德；若中道而归，何异（不同）断斯（这块）织乎？”羊子感（被……感动）其言，复还终业，遂七年不返。

【练习】

讲一个故事，体现断织劝学的思想。

【讲故事懂道理】

河南乐羊子的妻子，已无法考证出自哪个家族，但是她规劝丈夫的故事千古流传。

羊子曾经在路上捡到一块儿金子，他回家交给妻子。妻子说："我听说有志气的人不喝'盗泉'的水，廉洁刚正的人不接受'嗟来之食'，何况捡拾别人的失物据为己有，来玷污自己的品德呢！"羊子听后十分惭愧，就把金子扔弃到野外，然后外出拜师求学去了。

一年后羊子回到家中，妻子跪下身问他为什么回家？羊子说："出门在外久了，想念家人，没有别的事情。"妻子听后，起身拿刀快步走到织机前说："这些丝织品都是从蚕茧中生出，又在织机上织成，一根丝一根丝地积累，才达到一寸长，一寸一寸地纺织，才能成丈成匹。如果现在割断，就无法成功织出布匹，那之前的时光就荒废了。你外出求学，就应当'每天都学到自己不懂的东西'，以此成就自己的美德；如果中途放弃，跟切断这织物又有什么不同呢？"羊子被妻子的话打动，重新回去修完学业，并且七年都没有回来。

乐羊子妻实在是一位充满智慧的女性，她用行动，启示她的丈夫以及每一位读到这个故事的人：做人必须具备高尚的品德，做事必须有坚韧不拔的精神。

【思考】

1. 乐羊子拣到金子后被妻子数落一番而把金子丢弃，这样对吗？

2. 乐羊子妻子用织布的例子说明了一个什么道理？

先见之明

南朝·宋·范晔《后汉书》

"后子修为曹操所杀，操见彪(biāo)问曰：'公何瘦之甚？'对曰：'愧无日磾(dī)先见之明，犹怀老牛舐犊(shì dú)之爱。'操为之改容。"

日磾：指金日磾，西汉名相
舐犊之爱：比喻对子女的疼爱
容：脸色

【练习】

成语接龙：先见之明——明哲保身——__________——__________

【思考】

1. 先见之明在这个故事中是如何体现的？
2. 杨修引用事例的目的何在？

【讲故事懂道理】

东汉末年文学家杨修，在曹操手下任主簿，他才思敏捷，但喜欢表现自己，爱耍小聪明。有一次丞相府建花园，曹操在园门上写了一个“活”字，众人猜不透，杨修说：“丞相嫌园门太阔。”

曹操三子曹植喜爱杨修的才学，常邀杨修彻夜长谈，得益匪浅。曹操与曹植议事，见他对答如流，心中犯疑。曹丕把杨修事先为曹植做好的答案偷出来进呈父亲，曹操见杨修屡次猜透他的心思，更加猜忌杨修。后来，曹操出兵汉中，引诱杨修耍小聪明，以扰乱军心为名，借故把杨修杀了。事后，曹操遇见杨修的老父杨彪，关心地问：“先生为何瘦得这么厉害？”杨彪回答说：“惭愧没有金日磾的先见之明，仍然对儿子怀有像老牛舐犊那样的亲子之爱。”

匈奴贵族金氏是汉武帝近臣，他有两个儿子被武帝所宠，养在宫中。后来他察觉两儿淫乱，就把他们杀了，免生后患。杨彪说愧无金氏那样的先见之明，毕竟还怀有像老牛舔小牛那样的亲子之爱，这是委婉地表达自己痛惜爱子被杀的心情。

黄琬巧对

南朝·宋·范晔《后汉书》

黄琬幼而慧。祖父琼，（初）为魏郡太守。建和元年正月日食。京师不见而琼以状闻。太后诏问所食多少。琼思其对而未知所况。琬年七岁，在旁，曰：“何不言日食之余如月之初？”琼大惊，即以其言应诏，而深奇爱之。

- 琬：wǎn
- 琼：qióng
- 为：担任
- 建和元年：汉桓帝年号。建和元年为公元147年
- 京师不见：京城里看不到那次日食的情况
- 以：凭借
- 诏：zhào，帝后的命令
- 对：回答，应对
- 况：描述，表达
- 如：像
- 应：yìng，回答
- 奇：以……为奇
- 爱：喜爱

【练习】

“黄琬对日，秦宓论天”据此写一个对子：________________________

【思考】

1. 你知道“两小儿辩日”的故事吗？这个故事和两小儿辩日有什么不同？
2. 如果你是黄琬，你还有别的更好的回答方式吗？

____

【讲故事懂道理】

黄琬的曾祖父就是九岁时给父亲暖被窝的著名孝子：黄香。黄琬（141—192），字子琰，江夏郡安陆县（今湖北安陆北）人，是东汉中后期名臣黄琼之孙。出身名门的黄琬早年时即聪慧善辩，后任五官中郎将，受到光禄勋陈赐的敬待，才德优异的黄琬和陈赐同心协力，共同选举贤才。因公平选举而得罪权贵，遭禁锢二十余年。后出任豫州牧，讨平寇贼，安定一州，政绩为天下表率，封关内侯。

黄琬从小就很聪明，祖父黄琼担任魏郡太守时，建和元年正月发生了日食。京城看不见日食情况，黄琼要把所见的情况上奏。皇太后下诏问他日食遮了多少？黄琼眉头紧锁，左思右想，不知如何回复皇太后。黄琬当时只有 7 岁，正在祖父旁边玩耍，他说："为什么不说日食后的太阳像月初时的月亮？"黄琼恍然大悟，立刻用他的话回复诏书。

梁上君子

南朝·宋·范晔《后汉书》

寔(shì)在乡闾，**平心率物**。其有争讼(sòng)，辄求判正，

居心公平，正直的对待事物。率：循着，沿着，引申为榜样，楷模

晓譬(pì)曲直，退无怨者。至乃叹曰："宁为刑罚所加，

明白详细地说明是非。譬，晓谕，说道理给人听。晓譬，开导

不为陈君所短。"时**岁**荒民**俭**，有盗夜入其室，止

岁：年成　俭：生活艰难，贫困

于梁上。寔**阴**见，乃起自**整拂**，呼命子孙，正色

阴：暗中　整拂：整理拂拭（衣服）

训之曰："夫人不可不自勉。不善之人未必本恶，习以性成，遂至于此。梁上君子者是矣！"盗大

惊，自投于地，**稽颡(qǐ sǎng)**归罪。寔徐譬之曰："视君状

稽颡：古代一种跪拜礼，屈膝下拜，以额触地，表示极度的虔诚

貌，不似恶人，宜深克己反善。然此当由贫困。"

令**遗**绢二匹。自是一县无复盗窃。

遗：给予；馈赠

【练 习】

近义词：道貌岸然 ________________ 反义词：正人君子 ________________

【讲故事懂道理】

陈寔，东汉时期的官员、名士，为人仁厚慈爱。有一年闹饥荒，有一个偷盗的人进入他的屋子，在梁上等候。陈寔暗中看到了他，于是起身整理衣服，叫他的儿子（孙子）起来，严肃地训斥说："人不能不自己勤勉，不善良的人本性未必是恶的，只是习惯了成为习性，于是就成了这样子。"儿子（孙子）说："成了谁？"陈寔指着梁上的盗贼说："就是那梁上的君子。"盗贼大惊，自己跳下地，磕头赔罪。陈寔告诫他说："看你的形貌，不像大恶之人，应该反省自己为好。"看他好像很穷，于是命人给了他二匹绢。从此县中几乎没有偷盗的人了。陈寔以他的宽厚和机智，挽救了一个人，当然这也是一位值得挽救的人。

【思 考】

1. 为什么陈寔知道梁上有小偷却没有立刻揭穿？

2. 为什么陈寔给了小偷二匹绢之后县中就没有偷盗的人了？

____

____

____

____

防微杜渐

南朝·宋·范晔《后汉书》

若敕(chì)政则躬，杜渐防萌，则凶妖消灭，害除福凑矣。

敕：帝王的诏书、命令　杜：堵住　萌：指事物的开端

【练习】

近义词：防患未然 ________　反义词：养痈遗患 ________

【思考】

1. 如果你生活在故事中的那个年代，你对窦太后的行为会是默不作声还是勇敢上书呢？

2. 古代人对出现日食的看法是错误的，你能帮助古代人来揭开日食之谜吗？

【讲故事懂道理】

防微杜渐是指在不良事物刚露头时就加以防止，杜绝其发展。这个成语来源于《后汉书·丁鸿传》。东汉和帝即位后，因为窦太后掌握了朝廷的大权，她的哥哥窦宪官居大将军，任用窦家兄弟为文武大官，掌握着国家的军政大权。他们经常仗势欺人，做一些非法的事。看到这种现象，许多大臣心里很着急，都为汉室江山捏了把汗。

这时有个叫丁鸿的大臣挺身而出。他很有学问，对经书极有研究。对窦太后的专权他十分气愤，决心为国除掉这一祸根。正在他发愁寻找时机的时候，恰好天上发生了日食。古代的人们认为日食是很不吉利的，以为将有什么大事要发生。于是他大喜，借此机会上书皇帝说："太阳为君，月亮为臣，现在月亮掩盖了太阳，表明有臣子想夺皇上的权力啊！如今窦氏兄弟的权力很大，若皇上不能妥善处理，防微杜渐，恐怕会有祸端啊！"

和帝本已有这种感觉和打算，于是迅速撤了窦宪的官，窦宪和他的兄弟们因此而自杀。

丁鸿在给和帝的上书中说，皇帝如果亲手整顿政治，应在事故开始萌芽时候就注意防止，这样才可以消除隐患，使得国家能够长治久安。

王戎识李

南朝·宋·刘义庆《世说新语》

王戎七岁，尝与诸小儿游。看道边李
曾经 众多，一些，这些 玩耍

树多子折枝，诸儿竞走取之，唯戎不动。
果实，指李子 压弯了树枝 争着 跑 只有

人问之，答曰：“树在道旁而多子，此必
一定

苦李。”取之，信然。
的确是这样

【练习】

《世说新语》中还有王戎的另一个小故事，找来读读。

【思考】

1. 王戎不尝就知道李子是苦的，别的小朋友尝过也会知道李子是苦的，你认为哪种方式好呢？

2. 想想你在生活中有什么事情应该独立思考的？

【讲故事懂道理】

王戎出身于魏晋高门琅琊王氏，祖父王雄，在曹魏官至幽州刺史；父亲王浑，官至凉州刺史，封贞陵亭侯。王戎也是魏晋名士，竹林七贤之一。

王戎自幼聪明，《世说新语》中记载了王戎识别路边苦李子的故事：在他七岁的时候，曾经（有一次）和小朋友们一起玩耍，看见路边有株李树，结了很多李子，枝条都被压弯了。小朋友们都争先恐后地跑去摘，王戎却没有动窝。大人问他为什么不去摘李子，王戎回答说："这树长在路旁，有这么多李子没有被人摘掉，说明这李子一定是苦的。"跑去摘了李子的人一尝，果然是苦的。

不盲目追随他人，而是通过观察、理性思考，分析出树上结的一定是苦李，这对于一个七岁的孩子来说，的确难能可贵。王戎具有很强的独立认识、思考分析和处理事物的能力，他善于在日常生活琐事中进行逻辑推理，经过思考得出自己的判断，不因袭前辈或依赖他人。如果说曹冲的天分在于解决问题，那么王戎的天分则在于观察总结。

咏雪妙比

南朝·宋·刘义庆《世说新语》

谢太傅寒雪日内集（家庭聚会），与儿女讲论文义。俄而（不久，不一会儿）雪骤（zhòu，急，紧），公欣然（高兴的样子）曰："白雪纷纷何所似？"兄子胡儿曰："撒盐空中差（差不多）可拟（nǐ，相比）。"兄女曰："未若（倒不如）柳絮因（xù；凭借）风起。"公大笑乐。即公大兄无奕女，左将军王凝（níng）之妻也。

【练习】

请你用一个比喻句来描述雪天的景象。______________________________

【思考】

1. 两种比喻有什么不同？
2. 你觉得两种比喻那种更好？你还能举出另外一种比喻吗？

____

____

【讲故事懂道理】

这个小故事记录在《世说新语》中，说的是西晋太傅谢安在寒冷的雪天举行家庭聚会，和他的子侄们谈诗论文。不久，雪越下越大，太傅高兴地问："这纷纷扬扬的雪花像什么呢？"谢安的侄子谢朗说："可以比作向空中撒盐。"谢安的侄女说："不如比作柳絮随风飞舞。"太傅满意大笑。这个侄女就是谢安大哥谢奕的女儿谢道韫（yùn），她还是左将军王凝之的妻子。

谢道韫，字令姜，东晋时女诗人，是宰相谢安的侄女，安西将军谢奕的女儿，也是著名书法家王羲之的儿媳。这篇短文写出了谢道韫的聪慧，因其对飞雪比喻的精妙，受到众人的称许。也因此，她与汉代的班昭、蔡琰等人成为中国古代才女的代表，而"咏絮之才"也成为后世称赞才女的常用词。

这篇短文中出现的人物，都不是一般人：

谢太傅，即谢安（320—385），字安石，晋朝陈郡阳夏（现在河南太康）人，做过吴兴太守、侍中、吏部尚书、中护军等官职，死后追赠为太傅。

兄子胡儿即谢朗，字长度，谢安哥哥的长子，做过东阳太守。

公大兄无奕女，指谢道韫，东晋有名的才女；无奕，指谢奕，字无奕。

王凝之，字叔平，大书法家王羲之的第二个儿子，做过江州刺史、左将军、会稽内史等。

七步成诗

南朝·宋·刘义庆《世说新语》

文帝尝令东阿王七步中作诗，不成者行大法。应声便为诗曰："煮豆持作羹（gēng），漉菽（lù shū）以为汁。萁（qí）在釜（fǔ）下然，豆在釜中泣。本自同根生，相煎（jiān）何太急？"帝深有惭色。

东阿王：指被封在东阿地方的曹植。曹植字子建，曹操之子，文学才华很高

大法：指最高的刑罚，即斩首

持：用来

羹：用肉或菜做成的糊状食物

漉菽：漉，过滤。菽，豆。这句的意思是说把豆子的残渣过滤出去，留下豆汁作羹

萁：豆类植物脱粒后剩下的茎

然：燃烧

釜：锅

泣：小声哭

本：原本，本来

煎：煎熬，这里指迫害

何：何必

【练习】

你也来试试，在短时间内作出一首简单的诗歌。

【思考】

1. 七步成诗的故事说明了兄弟之间什么最重要？

2. 曹植七步成诗，体现了他哪些方面的特点？

【讲故事懂道理】

曹操死后，长子曹丕继位。曹丕唯恐几个弟弟与他争位，便先下手为强，夺了二弟曹彰的兵权；又逼四弟曹熊上吊；最后就剩下老三曹植。曹丕想方设法为难曹植，命他在大殿之上走七步，然后以“兄弟”为题即兴吟诗一首，但诗中却不能出现“兄弟”二字，成则罢了，不成便要痛下杀手。曹植不假思索，脱口而出：

煮豆来做豆羹，过滤的豆子做成汁。豆秆在锅下燃烧，豆子在锅里哭泣。豆秆和豆子本是从同一条根上生长出来的，为什么要相互煎熬逼得那么狠呢?

曹丕听了以后潸然泪下，没下得了手，只是把曹植贬为安乡侯。

《七步诗》一方面赞扬了曹植才思敏捷，同时用同根而生的萁和豆来比喻同父共母的兄弟之间，哥哥曹丕对弟弟曹植的残害，生动形象、深入浅出地反映了封建统治集团内部的残酷斗争和诗人自身处境艰难、沉郁愤激的思想感情。

但此诗是否系曹植所作，至今仍有争议，史实待考。《曹植集》并未收录此诗。

识碑显才

南朝·宋·刘义庆《世说新语》

魏武（指曹操）尝过曹娥碑下，**杨修**（曹操手下的谋士）于碑背见题作“黄绢幼妇，外孙齑（jī）臼（jiù）”八字。魏武谓修曰：“解不？”答曰：“解。”魏武曰：“卿**未可言**（先不要说），待我思之。”行三十里，魏武乃曰：“吾**已得**（已经想出来了，得到了答案）。”令修**别记**（另外记下来）所知。修曰：“黄绢，色丝也，于字为‘绝’；幼妇，少女也，于字为‘妙’；外孙，女子也，于字为‘好’；齑臼，受辛也，于字为‘辞’。所谓‘绝妙好辞’也。”魏武亦记之，与修同，乃叹曰：“我才不及卿（qīng），**乃觉三十里**（走了三十里才弄懂了）。”

【练习】

猜字谜：

半边有毛半边毛，半边有味半边香，半边吃的山上草，半边还在水里藏。

谜底：____

【讲故事懂道理】

东汉时有个名叫曹娥的少女，寻找死在江中的父尸不得，投江而死。为颂扬曹娥的美德，纪念她的孝行，地方官吏为她立碑，并让邯郸淳写作碑文。邯郸淳一挥而就，众人嗟叹。著名文学家、书法家蔡邕闻讯前来观看，并写下“黄绢幼妇，外孙齑臼”八字，隐含“绝妙好辞”四字。这个离合字谜，被看作是中国文字隐语的图腾，字谜的鼻祖。

传说三国时，曹操和杨修一起来曹娥庙祭拜，看到碑上刻着的八个字，曹操问杨修是否知道什么意思？杨修点头，刚要解释，曹操制止，走出三十里路之后说：“我知道了。”他命杨修写出谜底，杨修解释：“黄绢就是有色的丝织品，即‘绝’字；幼妇，即少女，是‘妙’字；外孙，是女儿的孩子，是‘好’字；齑臼，就是捣烂姜蒜的容器，即受辛之器，“受”加“辛”就是“辞”的异体字。合起来就是‘绝妙好辞’。”曹操夸赞杨修：“我的才能比你差三十里路啊。”

【思考】

1. 曹操与杨修的这段对话，体现了两个人的什么性格？

2. 曹操为什么认为自己的才能比不上杨修？

为人大须学问

唐·吴兢《贞观政要》

为人大须学问。朕向为群凶未定，东西征讨，躬亲戎事，不暇读书。比来四海安静，身处殿堂，不能自执书卷，使人读而听之。君臣父子，政教之道，共在书内。古人云："不学业，墙面，莅（lì）事惟烦。"不徒言也。却思少小时行事，大觉非也。

大须学问：很应该学习与求问。大：应该

躬亲戎事：亲自参与军事。躬，亲自；戎，带兵打仗

不暇：没有空闲。暇，空闲

比来：近来。比，近

墙面：面对墙壁。比喻一无所知

莅事：处理事情

惟烦：只会（感到）麻烦。

【练习】

说说你理解的大学问。

【思考】

1. 在我们的学习过程中，应如何对待学问？

2. 唐太宗的一番话给你什么启发？

【讲故事懂道理】

《贞观政要》是唐代史学家吴兢编著的一部政论性史书。全书分类编辑了唐太宗在位的23年中，与魏征、房玄龄、杜如晦等大臣在治政时的问题，大臣们的争议、劝谏、奏议等，以规范君臣思想道德和治同军政思想，此外也记载了一些政治、经济上的重大措施，内容涉及政治、经济、军事、文化、社会、思想、生活等方方面面。

唐太宗李世民少年从军，官居尚书令、右武候大将军，受封为秦国公，后晋封为秦王，先后率部平定各路军阀，在唐朝的建立与统一过程中立下赫赫战功。但是他始终对读书情有独钟。他对房玄龄说："做人非常需要学习与求知。过去因为许多凶敌没有平定，我东征西讨，亲自参与战事，没有空暇读书。现在，世界安宁，我身在殿堂，政事繁多，不能手拿书卷，就让人读书给我听。君臣、父子这些政令与教化的道理都在书里。古人说：'不学习，对什么都一无所知，面对问题就无从入手。'我不是随便说的，回想年轻时的处事行为，很多事都觉得非常不妥。"

lì

妙答远近

唐·房玄龄《晋书》

明皇帝（东晋明帝司马绍）讳绍，字道畿（jī），元皇帝（晋元帝司马睿）长子也。幼而聪哲，为元帝所宠异（特别地）。年数岁，尝坐置膝前，属（适逢）长安使来，因问帝曰：“汝谓日与长安孰远？”对曰：“长安近。不闻人从日边来，只闻人从长安来，居然可知也。”元帝异（认为……很奇特、奇怪）之。明日，宴群僚（liáo），又问之。对曰：“日近。”元帝失色，问何以异间者（为时不长）之言。”对曰：“举头不见长安，只见日，是以知近。”帝大悦。

【练习】

对比一下黄琬巧对，说说异同。

【讲故事懂道理】

司马绍是东晋元帝的大儿子，他从小聪明伶俐，很通事理，晋元帝非常喜欢他。有一天，他在父亲跟前玩耍。有位官员从长安来到京都，同元帝谈了些长安的情况，晋元帝就随口问儿子：“你说太阳和长安哪个离我们近呢？”

司马绍把脑袋一歪，答到：“长安离我们近。”

“凭什么说长安离我们近呢？”元帝又问。

“只听说有人从长安来到京城，没听说过有人从太阳那儿来，可知长安离我们是近的。”晋元帝看了看那位官员，搂着司马绍亲了又亲，心里有说不出的高兴。

转天，元帝设宴招待群臣。宴席之间，他把司马绍叫到跟前，摸着他的头说：“你给大家说说长安和太阳哪个离我们近呢？”

司马绍抬头看了看满堂的文武大臣，随口答道：“太阳离我们近。”

元帝一听很失望，满脸不高兴的神色，指着司马绍说：“你这小家伙，怎么一天的工夫，回答就不一样了呢？”

司马绍笑嘻嘻地回答：“我们抬头一眼就能看见太阳，可是怎么也不能一眼就看见长安啊，所以说太阳离我们近。”

【思考】

1. 司马绍的机智，体现在什么地方？
2. 你知道“两小儿辩日”的故事吗？这个故事与司马绍的故事有什么相似之处？

持重待机

唐·房玄龄《晋书》

时朝廷以亮侨军远寇（kòu），利在急战，每命帝持重（小心谨慎。形容谨慎地等待时机），以候其变。亮数挑战，帝不出，因遗帝巾帼（guó）（古代妇女的头巾和发饰，借指妇女）妇人之饰。帝怒，表请决战，天子不许，乃遣骨鲠（gěng）（比喻刚直）臣卫尉辛毗（pí）杖节（手持符节，古代大臣出使或大将出征，皇帝授予符节，作为凭证及权力象征）为军师以制之。后亮复来挑战，帝将出兵以应之，毗杖节立军门，帝乃止。

【练习】

近义词：秉节持重 ______________ 反义词：趾高气扬 ______________

【思考】

1. 司马懿为什么不担心诸葛亮驻军五丈原？

2、如果此役司马懿应战，如果诸葛亮没有因病去世，结果会怎样？

【讲故事懂道理】

本故事原典中的“帝”就是跟诸葛亮斗智斗勇的司马懿，他本是曹魏大臣，辅佐曹家三代帝王，韬光养晦50年后篡权成功，成为西晋王朝的奠基人，被孙儿、西晋第一任皇帝司马炎追谥为晋宣帝。

公元234年，蜀汉丞相诸葛亮北伐曹魏，屯兵渭南。曹魏朝廷认为诸葛亮远征，肯定希望速战速决，就命令司马懿要持重，以等待时机。诸葛亮多次挑战，司马懿都是据险坚守；诸葛亮送来女人的衣饰羞辱，司马懿怒而上表请求决战，魏帝不肯，并派来正直之臣辛毗手持符节任军师来制止。后诸葛亮再来挑战，司马懿准备应战，又被辛毗手持符节站在军门前拦住。

与诸葛亮对峙了一百多天，最终，诸葛亮在军中去世，蜀军自退。司马懿不敢确定，派兵追击。当时百姓还编了谚语讽刺：“死诸葛吓跑活司马。”

此后，从司马懿、司马昭到司马炎，司马一族为一己之私使用权谋终取天下。然而，这个荒淫黑暗、腐朽不堪的短暂王朝，造就了中国历史上最惨烈的“八王之乱”，还引出五胡乱华的悲剧，最终自己也难逃亡国的命运。所以，历史需要天下为公的人。

草木皆兵

唐·房玄龄《晋书》

坚与苻(fú)融登城而望王师，见部阵齐整，将士精锐；又北望八公山上草森皆类人形，顾谓融曰：'此亦劲敌也，何谓少乎？'怃(wǔ)然有惧色。

苻融：(340—383)，字博休，略阳临渭（今甘肃天水东北）人，氐族，魏王苻雄之子，宣昭帝苻坚幼弟，十六国时期前秦宗室、将领

怃：惊愕

【练习】

同义词：杯弓蛇影 ________　反义词：若无其事 ________

【思考】

1. 为什么人会把山上的草木都当作了敌兵？
2. 你认为人在惊慌时应该怎样才能保持镇定？

____

____

【讲故事懂道理】

公元 4 世纪下半期，十六国时期前秦皇帝苻坚励精图治，统一了北方黄河流域，与东晋南北对峙。这时候，踌躇满志的苻坚有了一举荡平偏安江南的东晋，统一南北的想法。公元 383 年 5 月，苻坚征集了 80 多万人的军队开始进攻东晋。东晋王朝到了生死存亡的危急关头，以丞相谢安为首的主战派奋起抵御，谢石、谢玄率领 8 万人马迎战。

本来苻坚并没有把力量悬殊的晋军看在眼里，但是没想到秦军前锋首战就被刘牢之所率的晋军北府兵打败。苻坚慌了手脚，他和弟弟苻融趁夜去前线视察，看到晋军阵容严整，士气高昂，再北望八公山，只见山上一草一木都像晋军的士兵一样。苻坚回过头对弟弟说："这是多么强大的敌人啊！怎么能说晋军兵力不足呢？"

出师不利给苻坚心头蒙上了不祥的阴影，他令部队靠淝水北岸布阵，企图凭借地理优势扭转战局。但是事与愿违，淝水（今中国安徽瓦埠湖一带）决战，秦军被彻底击溃，损失惨重，弟弟苻融阵亡，苻坚中箭，仓皇而逃，他听到风吹树木的声音也以为是敌人追兵又到了。这就是历史上以少胜多的著名战役——淝水之战。

苻融识贼

唐·沈既济《枕中记》

前秦苻融，为冀(jì)州牧。有老姥(mǔ)于路遇劫，喝贼，路人为逐擒(qín)之，贼反诬(wū)路人。时已昏黑，莫知其孰是，乃俱送之。融见而笑曰："此易知耳。可二人并走，先出凤阳门者非贼。"既而还入，融正色谓后出者曰："汝真贼也，何诬人乎！"贼遂服罪。

前秦：晋朝末年氐(dǐ)族人在中国北部建立的秦国　州牧：州的行政长官　姥：年长的妇人　喝贼：拉长声音喊"有贼"　为逐擒：帮助她追赶捉贼　诬：诬赖　莫：没有人　其：他们　孰：哪一个　乃：于是　俱：一起　并走：一起跑　既：已经　还：回来　正色：板着面孔，态度严肃　汝：你　何：何，为什么。

盖以贼若善走，必不被擒，故知不善走者贼也。

以：因为　若：如果

盖辨诬之术，唯博闻、深察，不可欺惑，乃能精焉。苻融验走而得其实，可谓察之深而辨之明矣。

【练习】

成语接龙：苻融验走——走马观花——__________——__________

【讲故事懂道理】

苻融（？—383），字博休，略阳临渭（今甘肃天水东北）人，氐族，苻雄之子，前秦宣昭帝苻坚幼弟，十六国时在前秦历任征南大将军、录尚书事，封阳平公。他既是前秦王族，又有显赫声望，从青年时代起即多次担任重要职务，以明察善断著称。淝水之战中落马被杀，后追赠为大司马，谥号“哀”。

苻融在担任冀州牧时，有一天，一位老妇人在路上遇到了强盗，大喊捉贼。路人见义勇为，奋力抓住盗贼，可是这个贼反诬路人是贼。当时天色昏黑，无人能够辨认他们谁是贼，只好一并送到官府。苻融见了，笑着说：“这很容易查清，让他们二人赛跑，先跑出凤阳门的就不是贼。”因为贼如果跑得快，就不会被人抓住了。待二人跑完回来，苻融厉声对后跑出凤阳门的人说：“你才是真正的贼，为什么要诬赖别人！”盗贼认罪。

苻融通过检验谁跑得快而查清了事实，可以说是观察深刻，辨析明了。方法简单，但灵感并不是凭空而生，得出这一方法的过程却来自生活中深厚的积累。世事万象，迷惑甚多。如果平时对生活没有深切的观察和思考，遇事也很难做出正确的判断。

【思考】

1. 如果你在路上碰到这样的事，你怎么办？

2. 你觉得苻融的判断是否合理？有漏洞吗？

以盗治盗

唐·李延寿《北史》

州带北山，多有盗贼。褒密访之，并
秘密，暗中
豪右所为也，而阳不之知。厚加礼遇，谓
豪强，一方之霸　通佯，假装
曰："刺史起自书生，安知督盗？所赖卿
等共分其忧耳。"乃悉召杰黠(xiá)少年素为乡
特别 狡猾
里患者，置为主帅，分其地界，有盗发而
有盗窃案件发生
不获者，以故纵论。于是诸被署者莫不惶
抓获，破案　按照故意纵容论处
惧，皆首伏曰："前盗发者，并某等为之。"

所有徒侣（同伙），皆列其姓名，或亡命隐匿（nì，躲藏）者，并悉言其所在。褒乃取盗名簿藏之，因大榜（张榜）州门曰："自知行盗者，可急来首，即除其罪。尽今月不首者，显戮（lù，杀）其身，籍没（指登记所有财产，加以没收）妻子，以赏前首者。"旬日之间，诸盗咸（都）悉（全部）首尽（投案自首）。褒取名簿勘（kān，核对）之，一无差异，并原其罪，许以自新，由是群盗屏息（不敢出大气，这里指谨慎小心，不再胡闹）。

【练习】

近义词：以恶制恶 ____________　　反义词：以德报怨 ____________

【讲故事懂道理】

南北朝时期，北朝魏国后来分为东魏和西魏，宇文泰是西魏的实际掌权者，亦是北周政权的奠基者，后被北周追谥为文皇帝，庙号太祖。宇文泰掌权期间，对内团结各方，澄清政治，创府兵制。韩褒，字弘业，颍川颍阳人，年少好学，有远略。宇文泰做刺史时，听说韩褒的名声，便以客礼相待，韩褒归顺，出京就任北雍州刺史。

雍州北面环山，常有盗贼。韩褒暗地里查访，发现盗贼竟是当地豪强，他佯装不知。对这些豪强十分礼遇，他说："我是读书人出身，哪里懂得查究盗贼？还要仰仗诸位为我分忧。"于是他把那些凶暴狡猾的盗贼豪强召集起来，任命主帅，划分地界，分派任务；若再有盗掠的事情发生而不能抓获盗贼的，以故意放纵论处。

那些被任命的主帅无不惊惶恐惧，纷纷自首认罪："以前偷盗劫掠的事，都是我们干的。"然后将同伙的姓名都开列出来，有逃亡隐藏的，就写出他们藏身的地方。

韩褒把写有盗贼名字的簿子收好，出示文告说："自知行盗有罪的人，若即刻自首，可免刑罚。过了这个月不自首的，一旦捉拿归案，将暴尸示众，没收财产，妻子儿女籍没入官，赏给来自首的人。"

十天之内，所有盗贼都来自首了。韩褒取来名册一一核对无误，然后一并宽宥了他们的罪行，允许他们改过自新，从此再无盗贼作乱。

【思考】

1. 如果盗贼没有列出同伙，那么韩褒是不是就无法达到其目的了呢？

2. "以盗治盗"的方式能否在你的生活中运用？

拷皮问主

唐·李延寿《北史》

人有负盐与负薪（xīn）者，二人同释重担，息树阴下。少时，将行，二人争一羊皮，各言为己藉背之物。久未果，遂（suì）讼（sòng）于官。是雍州刺史李惠，谓群下曰："拷此羊皮可知主乎？"群下以为戏言，咸无对者。惠遣争者出，令人置羊皮于席上，以杖击之，见少盐粒，惠曰："知其实矣！"使争者视之，负薪者乃服而就罪。

负：背
薪：柴
释：放下
藉背之物：藉，坐卧用；背，披背用。指常用之物
遂：就
讼：打官司
群下：部下，属员
咸：都
罪：认罪

【练习】

把这段文字用自己的话复述出来。

【思考】

1. 这个故事告诉我们要仔细观察、推理，就能做出判断；举一个你生活中例子。

2. 你还有别的办法来做出判断吗？

【讲故事懂道理】

有背盐和背木柴的两个人同行，二人来到一棵大树下，放下重重的担子打算在树荫下休息休息。不久之后，两人起身准备继续出发，他们清点自己的物品时开始争抢一张羊皮，都说是自己垫背用的东西。争吵了很久没有结果，于是到官府打官司。

雍州刺史李惠坐堂，他仔细看看二人，然后对主簿说：“敲打这张羊皮能够查出它的主人吗？”属下认为李惠在开玩笑，都没有回答。李惠把相争的二人打发出去，叫人把羊皮放在席上，用杖敲打。见到一些散落的盐末，李惠说：“我知道实情了！”

于是，叫回相争的二人，让他们看从羊皮上敲下的盐粒，背柴的人当即服法认罪。

一箭双雕

唐·李延寿《北史》

尝有二雕（diāo）飞而争肉，因以箭两枝与晟（shèng）（孙晟，初名凤，又名忌，密州人），请射取之。晟驰往，遇雕相攫（jué）（抓取），遂一发双贯焉。

【练习】

近义词：一石二鸟 ____________

【思考】

1. 每件事情都会有两种收获吗？
2. 如果你想实现更多的目标，你应该怎么办？

【讲故事懂道理】

北周末年时，北周皇帝为了安定北方，与突厥和亲，诏命赵王宇文招之女千金公主嫁给沙钵略可汗，当时为了宣扬北周军威，派去护送公主的护卫是武艺高强、射术高超的禁卫精英长孙晟。

历经千辛万苦，长孙晟终于护送公主到了突厥，沙钵略可汗大摆酒宴。酒过三巡，按照突厥的习惯要比武助兴。突厥可汗要长孙晟射百步以外的铜钱，只见硬弓被拉成弯月，一枝利箭“嗖”的一声射进了铜钱的小方孔。“好！”大家齐声喝彩。从此可汗对长孙晟非常敬重，留他在突厥住了一年，并经常让他陪着自己一块儿去打猎。

有一次打猎时，可汗猛抬起头，看见天空中有两只大雕在争夺一块肉。他忙递给长孙晟两枝箭说：“能把这两只雕射下来吗？”

“一支箭就够了！”长孙晟边说边接过箭，策马驰去。他弯弓搭箭，对准两只打得难分难解的大雕，一箭冲天，两只大雕便串在一起掉落下来。

这个故事后来就简化成为“一箭双雕”，它常用来比喻做一件事能达到两个目的或同时得到两种好处。故事的主人公长孙晟不光武艺高强，更是心机深沉，可以称得上是谍报人员的鼻祖。借由沙钵略可汗的赏识，长孙晟把突厥的情况了解得一清二楚，最后不费一刀一枪，只凭一张嘴就把强大的突厥分化瓦解，最终劝服他们归顺隋朝，保持了隋朝北境的安宁，促进了民族融合。

快刀斩乱麻

唐·李百药《北齐书》

高祖尝试观诸子意识，各使治乱丝，

（高祖：指高欢，东魏权臣，北齐王朝奠基人）

帝独抽刀斩（zhǎn）之，曰："乱者须斩！"

（帝：此指北齐文宣帝高洋；斩：砍断）

【练习】

近义词：干净利落 ________　　反义词：拖泥带水 ________

【思考】

1. 如果给你一堆乱麻，你会怎样处理它们？
2. 你认为高欢为什么用乱麻来考验自己孩子的智力？

【讲故事懂道理】

南北朝时期，东魏孝静帝的丞相，也是北齐王朝的奠基人高欢（496—547），一共有六个儿子。有一天，他想考查一下哪个儿子最聪明，就把六个儿子都叫到跟前，说："我这里有一大堆乱麻。现在发给你们每人一把，你们各自整理一下，看谁理得最快最好。"

比赛开始了，孩子们手忙脚乱，都想把乱麻一根根抽出来，然后再一根根理齐，有的一着急，还把麻结成了死疙瘩，个个急得满头大汗。二儿子高洋却没有动手，他看了看，反身找来一把刀，几刀就把那些相互缠绕的乱麻狠狠斩断，然后再加以整理，这样很快就理好了。

高欢见高洋这样做，惊奇地问："你怎么想到用这个办法？"

高洋答道："乱者须斩！"

高欢听了十分高兴，认为这孩子思路开阔，思想方法不同一般，将来必有作为。后来，高洋果然推翻东魏皇帝，建立北齐政权。这个故事后来引申出"快刀斩乱麻"的成语，用以比喻采取果断措施，解决复杂棘手的问题。

擒贼擒王

唐·杜甫《前出塞》

挽弓当挽强，用箭当用长，

形容词作名词，强弓　　形容词作名词，长箭

射人先射马，擒贼先擒王。

【练习】

请用“擒贼擒王”造句。______

【思考】

1. 为什么擒贼要先擒王？

2. 如果你是尹子奇，中箭之后你是会逃跑还是继续带领军队作战？为什么？

______

______

______

【讲故事懂道理】

杜甫在《前出塞》中写道：拉弓要选弓背硬的拉，用箭当选箭杆长的用；要射骑兵先射他的战马，要打败敌兵先捉拿敌军首领。这两句诗富有哲理，告诉人们，打蛇要打七寸，要用强力击中敌方的要害。战斗中若能先抓住贼首，就能打乱敌人的指挥系统而一举获胜。现在，还可用“射人”、“擒贼”二句比喻处理问题只要抓住关键，其他问题就能迎刃而解。

安史之乱时，安庆绪派部将尹子琦率军十三万南侵江淮屏障睢阳，守将张巡与许远等数千人，在内无粮草、外无援兵的情况下死守睢阳。张巡命令士兵整夜击鼓，假意出逃。趁敌军士兵疲惫之机，突然出击。敌军猝不及防，死伤无数，但敌首尹子奇并未出现。于是张巡命令自己的士兵用蒿子秆当箭射向敌军，尹子奇以为张巡没有箭了，很高兴，亲自率兵进攻，张巡见终于将尹子奇引出来，就命人放箭，一箭射中尹子奇的左眼，尹子奇中箭后落荒而逃，敌军见首领逃走，军心大乱，张巡趁机斩敌将数百名。

宋太宗学书

北宋·王辟之《渑水燕谈录》

太宗朝，有王著者学右军书，深得其

王羲之，东晋时期著名书法家，有“书圣”之称

hàn

法，侍书翰林。帝听政之余，留心书法，

皇帝的文学侍从官，唐朝以后始设，明、清改从进士中选拔　处理政务

数遣内侍持书示著，著每以为未善，太宗

数次　给……看　好，完美

遂刻意临学。又以问著，对如初。或询其

专心

jù

意，著曰：“书固佳矣，若遽称善，恐帝

本来　马上，立刻　担心

不复用意矣。”其后，帝笔法精绝，超越

前古，世以为由著之规益也。

勉励

【练习】

请以此故事为底本，讲讲如何才能够学好文化知识。

【讲故事懂道理】

宋太宗（939—997）本名赵匡义，后因避其兄宋太祖讳改名赵光义，即位后改名赵炅（jiǒng）。曾参与太祖统一四方的大业，是宋朝第二个皇帝。宋朝的皇帝都很有文化，太宗当政时，有一个叫王著的人，在翰林院当侍书。他学习王羲之的书法，深得其精要。皇帝在处理政事之余，十分注重练习书法，常常派太监把自己写的字拿给王著看。王著每次都说练得还不够好，太宗就更加专心地临摹书法。每次太宗拿了写好的字问王著，王著的回答都是一样。有人看了认为写得不错，就问王著何意，王著说：“虽然写得很好，但是如果上来就说好，恐怕圣上就不再对书法用心了。”

那之后，皇帝的书法精妙绝伦，世人都认为这是得益于王著的巧妙规劝。

【思考】

1. 所有的事情，我们是不是都要做到精益求精？
2. 在专注一件事情的时候，如何克服内心中的懒惰？

乘虚而入

北宋·司马光《资治通鉴》

用诚如言而往，生擒祐(yòu，此指李祐)以归。将士以祐向日多杀官军，争请杀之，愬(sù，李愬)不许，释缚，待以客礼。李祐言于李愬曰："蔡之精兵皆在洄曲(huí，地名)及四境拒守，守州城者皆羸(léi，虚弱)老之卒，可以乘虚直抵其城。比贼将闻之，元济已成擒矣。"愬然之(以之为然，认为是这样)。

【练习】

近义词：有隙可乘 ________　　反义词：坐失良机 ________

【讲故事懂道理】

自元和九年（814）起，一向有志于削平藩镇的唐宪宗李纯便对淮西用兵，讨伐拥兵自立的淮西节度使吴元济。但却久战无功，唐邓节度使高霞寓和袁滋连尝败绩。这时候，李愬上疏自荐，愿到前线效力。宰相李逢吉也认为他可以任用，于是，公元 817 年，唐宪宗任命智勇双全的大将李愬为唐河三州节度使，为西路唐军统帅，讨伐拥兵自立、已叛乱的淮西节度使吴元济。

李愬沉着勇敢、擅长谋略，对部下真诚，善于利用不利形势，出其不意进行袭击。初接手兵营时，兵将刚刚经历战败，士气低落。他了解到这一情况，就暂不整训军队，说是为了不让叛军增加戒备。同时他还告诉各军将士：“天子知道我慈爱、有耐心，所以让我来安抚调养你们。至于作战，那不是我的事。”同时他还去探望受伤的兵将，兵将们都高兴地相信了。李愬故意示弱，藏锋不露；对部属态度亲切，经常去看望慰问伤者。

事实上，李愬一分钟都没有停止策划袭击蔡州。他设计先后收服降将丁士良、李祐、李忠义等人，每当俘获投降的士兵，李愬一定亲自招来查问详情，因此叛军地势的情况、道路的远近、军备的虚实全部了如指掌。

归唐大将李祐告诉李愬：“蔡州的精锐士兵都在洄曲和四周据守，守卫蔡州城的都是瘦弱衰老的士兵，可以趁他们后方空虚一直打到州城。”李愬认为这意见是对的，就任命李祐为其精锐牙队 300 人的六院兵马使，又收买间谍，弄清蔡州城的虚实情况，招募 3000 人的敢死队，朝夕训练。是年九月，双方开始激战。大雪之夜，李愬率部奇袭吴元济总部蔡州城（今河南），擒获吴元济，彻底摧垮淮西叛军。

李愬征战数年，收复许多城池，但他为人治军都以宽容仁义为第一，从来没有错杀一人，且待人接物十分讲求信义，一片至诚，深得民心。

【思考】

1. 李愬到蔡州后为什么故意放风说自己不是来打仗的？

2. 李愬的这种做法你觉得光彩吗？为什么？

熟能生巧

北宋·欧阳修《卖油翁》

陈康肃公尧咨(zī)善射，当世无双，公亦以此自矜(jīn)。

陈尧咨，谥号康肃，北宋人。公，旧时对男子的尊称｜善射：擅长射箭｜自矜：自夸

尝射于家圃(pǔ)，有卖油翁释担(dàn)而立，睨(nì)之，久而不去。

家圃：家里（射箭的）场地。圃，园子，这里指场地｜释担：放下担子。释，放｜睨：斜着眼看，形容不在意的样子

见其发矢(shǐ)十中八九，但微颔(hàn)之。

但：只、不过｜颔之：就是“对之颔”。颔，点头。之，指陈尧咨射箭十中八九这一情况

康肃问曰：“汝(rǔ)亦知射乎？吾射不亦精乎？”

翁曰：“无他，但手熟(shú)尔。”康肃忿(fèn)然曰：“尔安敢轻吾射！”

无他：没有别的（奥妙）｜但手熟尔：不过手熟罢了。熟，熟练。尔，同“耳”，相当于”罢了｜忿然：气愤地。然，作形容词或者副词的词尾，相当于”的”或”地”｜安：怎么｜轻吾射：看轻我射箭（的本领）。轻，作动词用

翁曰：”以我酌(zhuó)油知之。”乃取一葫芦置于地，以钱覆其口，徐以杓(sháo)酌(zhuó)油沥(lì)之，自钱孔入，而钱不湿。

以我酌油知之：凭我倒油（的经验）知道这个（道理）。以，凭、靠。酌，斟酒，这里指倒油。之，指射箭也是凭手熟的道理｜覆：盖｜徐：慢慢地｜沥之：注入葫芦。沥，注。之，指葫芦

因曰：“我亦无他，唯手熟尔。”康肃笑而遣(qiǎn)之。

唯：只，不过｜遣之：让他走，打发

此与庄生所谓解牛斫(zhuó)轮者何异？

解牛斫轮：《庄子》中的两个故事：庖丁解牛、轮扁斫轮，指精湛的技艺

【练习】

近义词：游刃有余 ______________ 反义词：浅尝辄止 ______________

【讲故事懂道理】

古代有个名叫陈尧咨的人，他擅长射箭，当时世上没有人能和他相比，他也凭着这一点自夸。曾经有一次，他在自家的园圃里射箭。有个卖油的老翁放下挑着的担子，站在一旁，不在意地斜着眼看他，久久都没有离开。老翁见到陈尧咨射出的箭十支中有八九支能射中目标，也只不过微微地点了点头表示赞许。

陈尧咨看到了，跑过来问卖油的老翁："你也会射箭吗？我射箭的本领难道不是很精湛吗？"老翁说："没有什么别的奥秘，只不过是因为熟练罢了。"陈尧咨听后很生气，他说："你怎么敢轻视我射箭的技术！"老翁说："凭着我倒油的经验就可知道这个道理。"于是老翁取过一个葫芦立放在地上，用铜钱盖在它的口上，慢慢地用勺子把油倒进葫芦，油从铜钱的孔中注进去，却不沾湿铜钱。老人说："我这点手艺也没有什么别的奥秘，也只是因为熟能生巧罢了。"

陈尧咨听了十分惭愧，从此更加努力地练习射箭，再也不夸耀自己的箭术。后来他的人品和箭术一样好。

【思考】

1. 如果你是陈尧咨，会不会因为自己射箭的本领很高就骄傲呢？
2. 你有没有"熟能生巧"的技艺呢？不妨展示一下。

胸有成竹

北宋·苏轼《文与可画筼筜谷偃竹记》

竹之始生，一寸之萌耳，**而节叶具**

但节、叶都具备了。具，具备。焉，句末的语气助词

焉。自**蜩**(tiáo)**腹**(fù)**蛇蚹**以至于剑拔十**寻**者，生

蝉的腹部是分节的，蛇的腹下分节、有鳞片，竹初生时为笋，其状似此。这里形容竹出生的形态。

古代八尺为一寻

而有之也。今画者乃节节而为之，叶叶

而累之，岂复有竹乎！故画竹必先得**成**

竹于胸中，执笔**熟视**，乃见其所欲画

完整的竹子

仔细查看

者，**急起从之，振笔直遂**，以追其所

这里用了互文的手法，意即“急起振笔，从之、直遂”，就是急忙起来挥动画笔，依照、跟随（心中的竹子形象）。遂，通“随”

见，如兔起鹘(hú)落，少纵则逝矣。

与可(文同，字与可，苏轼的表兄，宋代画竹名师)之教予如此。予不能然也，而心识其所以然。夫既心识其所以然而不能然者，内外不一，心手不相应，不学之过也。故凡有见于中(心中有了构思)而操之不熟者，平居(平常，平时)自视了然，而临事忽焉丧之，岂独竹乎！

【练习】

近义词：成竹在胸 ____________ 反义词：心慌意乱 ____________

【讲故事懂道理】

北宋时有一位著名的画家，名叫文同，他是当时画竹子的高手。

为了画好竹子，文同无论春夏秋冬，也不管刮风下雨，或是天晴天阴，他都常年不断地在竹林里头钻来钻去。三伏天儿，日头像一团火，烤得地面发烫，可是文同照样跑到竹林里对着太阳的那一面，站在烤人的阳光底下，全神贯注地观察竹子的变化。他一会儿用手指量一量竹子的节儿有多长，一会儿又记下竹叶有多密。汗水湿透了他的衣衫，满脸的汗水，他浑然不觉。

有一回，突然狂风大作，电闪雷鸣，眼看着一场暴雨就要来临，人们都纷纷往家跑，可坐在家里的文同，却急急忙忙抓过一顶草帽，往头上一扣，直往山上的竹林子里奔去。他刚走出大门，瓢泼大雨就倾盆而下。文同一心要看风雨当中的竹子，哪里还顾得上雨急路滑！他撩起袍襟，爬上山坡，气喘吁吁地跑进竹林，没顾上抹一把脸上的雨水，就两眼一眨不眨地观察起竹子来。弯腰点头，摇来晃去。文同细心地把竹子受风雨吹打的姿态记在心头。

由于文同长年累月地对竹子做了细微的观察和研究，竹子的各种形态他都摸得一清二楚，所以画起竹子来，根本用不着画草图。

【思考】

1. 你如何评价文同冒雨观察竹子的行为？

2. 文同擅长画竹与他对竹子的了解有关系吗？

大智若愚

北宋·苏轼《贺欧阳少师致仕启》

大勇若怯(qiè)，大智如愚。

若：像　怯：胆小

【练习】

成语接龙：大智若愚——愚公移山——________——________

【思考】

1. 如果你是苏轼，你会如何表达自己的意见？
2. 要怎样做到大智若愚？这样好吗？

【讲故事懂道理】

从北宋熙宁二年（1069）王安石变法伊始，苏轼就是一个坚决的反对者，他不停上书宋神宗，谈论新法弊病，全面驳斥新法，抨击王宰相的独断专行，还不乏揶揄讽刺，令主张变法的宰相王安石十分愤怒，让御史谢景在皇帝跟前说苏轼的过失。熙宁四年，苏轼请求出京任职，于是在熙宁四年六月被派往杭州任通判，离京赴任，途经陈州，与在陈州为官的弟弟苏辙一同前往颍州，拜谒官至太子少师，却毅然提前退休、告老还乡的昔日恩师欧阳修，并写下此信。

在《贺欧阳少师致仕启》这封信中，苏轼用“大勇若怯，大智若愚”赞扬欧阳修。所谓大智若愚，指有智有德的人不露锋芒，外表普通，内涵丰富。“大智若愚”被普遍认为是做人智慧中最高最玄妙的境界，如果哪位有智的人能做到若愚，那表明他在人生舞台上立于不败之地了。

然而撇开熙宁变法的善恶和王安石其人的好恶，令人唏嘘的是，苏轼恰恰是因为与王安石的高调对立，最后被贬外放。这大概也是苏轼经历了人生起伏之后，希望自己能够做到而没有做到所发出的感叹吧。

活字印刷

北宋·沈括《梦溪笔谈》

板印书籍，唐人尚未盛为之。五代时始印
即用木板刻字印书。板印，雕版印书　大规模地做（使用）。之，指“板印书籍”

五经，已后典籍皆为板本。庆历中，有布衣
以后。已，通“以”　宋仁宗年号　平民。古代没有官职的人穿布衣服，所以称布衣

shēng
毕昇，又为活板。其法用胶泥刻字，薄如钱

唇，每字为一印，火烧令坚。先设一铁板，其
使坚硬

上以松脂、蜡和纸灰之类冒之。欲印，则以一

铁范置铁板上，乃密布字印，满铁范为一板，
框子

yáng
持就火炀之；药稍熔，则以一平板按其面，则
把它拿到火上烤。就，靠近。炀，烤

dǐ
字平如砥。若止印三二本，未为简易；若印数
（所有排在板上的）字像磨刀石那样平

十百千本，则极为神速。常作二铁板，一板印

刷，一板已自布字，此印者才毕，则第二板已具，更互（交替，轮流）用之，瞬（shùn）息可就。每一字皆有数印，如“之”、“也”等字，每字有二十余印，以备一板内有重复者。不用，则以纸帖之，每韵为一帖，木格贮之。有奇字（生僻字）素无备者，旋刻之，以草火烧，瞬息可成。不以木为之者，文理有疏密，沾水则高下不平，兼与药相粘，不可取；不若燔（fán）土，用讫再火令药熔，以手拂之，其印自落，殊不（一点也不）沾污。昇死，其印为予群从所得，至今保藏。

【练习】

说出活字印刷术的整个制作流程，并自己试着用橡皮泥做一个字模。

【讲故事懂道理】

北宋庆历年间，一介布衣、湖北英山县人毕昇，最初是印刷铺工人，在印刷实践中，他深知雕版印刷的艰难，就认真总结前人经验，发明了胶泥活字印刷术。这是中国也是世界印刷术发展中的革命性发明，从13世纪到19世纪，毕昇发明的活字印刷术传遍全世界，对中国和世界各国的文化交流做出了伟大贡献。

毕昇因写得一手好字，被沈括聘为写字先生。他去世后，他的字印为沈括家人收藏，《梦溪笔谈》记录了活字印刷的方法：用胶泥刻成字，字模薄得像铜钱边缘似的，每个字刻一个字模，用火烧硬。先设置一块铁板，上面用松脂、蜡混合着纸灰等覆盖。印刷时，拿一个铁框子放在铁板上，在铁框内密密地排上字模，排满一铁框就成为一块印板，拿到火上烘烤；等到铁板上的药物稍微熔化，就拿一块平板按压字模上面，那么所有排在板上的字模就像磨刀石一样平。如果只印刷三两本，不能算是简便；如果印刷几十乃至成百上千本，就极快了。

印刷时，通常制作两块铁板，这一块板正在印刷，另一块板已经在排字模了；这一块刚刚印完，第二板已经准备好了，两块相互交替使用，极短的时间就可以完成。每个字都有几个字模，像“之”、“也”等经常重复出现的常用字，会有二十多个字模。不用时，就用纸条给它们作标志，按照字的韵部分类，每个韵部做一个标签，用木格把它们贮存起来。遇到平时没有准备的生僻字，马上把它刻出来，用草火烧烤，很快就可完成。不用木料制作是因为木料的纹理有疏有密，一沾水就会变得高低不平，又会同药物粘在一起，拆板时拿不下来；不像用胶泥烧制的字模，使用完毕后再用火一烤，使药物熔化，用手轻轻擦拭它，那些字模就会自己掉下来，一点儿也不会被药物弄脏。

活字印刷术具有一字多用、重复使用、印刷多且快、省时省力、节约材料等优点，比雕版印刷术有了质的飞跃，对后世印刷术乃至世界文明的进步，有着巨大而深远的影响。

【思 考】

1. 活字印刷与雕版印刷相比有哪些方面的优势?

2. 谈谈四大发明对人类历史发展的影响。

巧用古城

北宋·沈括《梦溪笔谈》

熙宁中，濉(suī)阳界中发汴堤淤(yū)田，汴水暴至，堤防颇坏陷，将毁，人力不可制。都水丞侯叔献时莅其役，相视其上数十里有一古城，急发汴堤注水入古城中，下流遂涸(hé)，急使人治堤陷。次日，古城中水盈，汴流复行，而堤陷已完矣。徐塞古城所决，内外之水，平而不流，瞬息可塞。众皆伏其机敏。

熙宁：北宋神宗年号

濉阳：地名，在今河南商丘

都水丞：都水丞为负责水利机构都水监中的主管官员，侯叔献任这一职务时正是王安石推行新法的时期

莅：上责者到达一定场所

相视：相，有察看之意，与视相连用就是察看

徐：本意为缓慢，此处为从容之意

伏：本意为低下，承认，此处是佩服之意

【练习】

请复述一下“巧用古城”这个典故。

【讲故事懂道理】

宋神宗熙宁年间（1068—1077），水监丞侯叔献带领民工，在睢阳（今河南商丘）县境内掘开汴河河堤，引用汴河中的大量泥沙淤灌田地。不料这一年汛期，汴河水突然暴涨，洪水从掘开的河堤缺口汹涌而出，致使堤防崩溃。

面对焦急到发狂的民工们，侯叔献大声说："现在硬堵已经没用了，只有把缺口开得更大些，想法子泄洪，减缓水流，才有可能修复堤防，堵住决口！"

接着侯叔献向大家解释：在离睢阳几十里的上游、汴河河边，有一座废弃的古城，有基本完好的城墙，用它来临时泄洪储水非常合适。侯叔献一声令下，带领民工连夜掘开汴河河堤，把水引入古城。第二天，下游的水量大大减少，侯叔献又带领民工堵住汴河河堤上的缺口。当古城里的水储满，又往汴河里流的时候，原来塌陷的河堤已修复好。人们无不敬佩侯叔献的机敏和急智。

这位侯叔献，果敢有为，勇于任事，不惧权贵，不以名利为重，一生心血都倾注于水利事业。任地方官十余年，屡有政绩，后被王安石召入条例司。宋神宗嘉奖他："古人所谓勤于邦，尽力乎沟洫，于卿无愧。"他长年奔波于水利事业，终因积劳成疾，于宋熙宁九年病逝于扬州光山寺治水任上。宋神宗停止视朝一日，以示哀思；王安石还专门作《叔献公挽诗》一首，以示悼念。

【思考】

1. 侯叔献疏导水涝，是利用了什么规律？
2. 从这个规律出发，我们生活中遇到了困难应该怎么处理？

按图索骥

北宋·郑文宝《南唐近事》

伯乐《相马经》有“隆颡（sǎng），蚨（tiě）日，蹄如累麹（qū）”之语，其子执《相马经》以求马。出见大蟾蜍（chán chú），谓其父：“得一马，略与相同，但蹄不如累麹尔。”伯乐知其子之愚，但转怒为笑曰：“此马好跳，不堪御。”

- 隆颡：高高的额头
- 蚨日：人认为应该是“趺目”，眼睛鼓起的意思
- 累麹：叠起来的酒药饼子。麹，酿酒或制酱用的发酵物
- 蟾蜍：俗称癞蛤蟆
- 堪：能够，可以
- 御：驾驭控制

【练习】

近义词：照本宣科 ________________ 反义词：不落窠臼 ________________

【思考】

1. “按图索骥”方式不可取，那么，没有“图”自己摸索的方式可取吗？
2. 你认为做一件事什么方法好，凭经验还是自己摸索？

____

____

【讲故事懂道理】

传说在天上管理马匹的神仙叫伯乐；在人间，第一个被称作伯乐的人叫孙阳，他是春秋中期（约前680—前610）郜国（今山东菏泽市成武县）人。孙阳在秦国作为相马，立下汗马功劳，得到秦穆公信赖，被封为“伯乐将军”。

孙阳将自己毕生经验的总结，写成我国历史上第一部相马学著作——《伯乐相马经》，传说他的儿子拿着这本书，出去寻找千里马。《相马经》中描写马的特征是：“额头高，眼睛鼓，蹄子像叠起来的酒饼。”于是他按照这个描述找到了一只青蛙，就赶忙捉回去跟父亲说：“我按照您写的书找到了一匹好马，但是蹄子不太像。”伯乐看了之后哭笑不得，说：“这匹‘马’不善于跑，善于跳，不能骑啊。”

后来这个故事流传开来，人们就用“按图索骥”来比喻死板的思考方式。

打草惊蛇

北宋·郑文宝《南唐近事》

王鲁为当涂宰，颇以资产为务，会部民连状诉主簿(bù)贪贿于县尹。鲁乃判曰：汝虽打草，吾已惊蛇。

当涂宰：当涂县（现安徽省马鞍山市下辖的一个县）的县令
颇：很
汝：你

【练习】

近义词：操之过急 ______________ 反义词：欲擒故纵 ______________

【思考】

1. 王鲁看到状子，为什么被惊吓住了？
2. 你在生活中有没有遇到过类似的事情？

____

____

【讲故事懂道理】

南唐时候，当涂县（现安徽省马鞍山市一个县）县令叫王鲁，是个贪官，只要有利可图，他就可以不顾是非曲直，颠倒黑白。在他任上，干了许多贪赃枉法的坏事。常言道，上梁不正下梁歪，有王鲁这样的县令，他属下的那些大小官吏，也是巧立名目，搜刮民财，当涂县的老百姓真是苦不堪言，从心里恨透了这批狗官，总希望能有机会好好惩治他们，出出怨气。

一次，适逢朝廷派员下来巡察地方官员情况，当涂县老百姓就联名写了状子，控告县衙里的主簿等人营私舞弊、贪污受贿。状子首先递到县令王鲁手上。王县令把状子粗略看了一遍，这一看不打紧，却把他吓得心惊肉跳，冷汗直冒。

原来，状子中所列举的种种犯罪事实，都和王鲁干过的坏事类似，而且还有些事牵连到他。状子虽是告主簿几个人的，但王鲁觉得就跟告自己一样。他越想越感到事态严重，越想越觉得害怕，如果老百姓再继续控告下去，马上就会告到自己头上了。朝廷一旦知情，自己岂不是要大祸临头！

王鲁想着想着，惊恐的心无法平静，他颤抖着在案卷上写下此刻内心的感受："汝虽打草，吾已惊蛇。"以后，这个故事引申为成语，用来比喻由于行动不慎而使对方有了觉察与防范，在兵法谋略上也是故意让对方有所察觉，从而暴露出实力。

抛砖引玉

北宋·释道原《景德传灯录》

大众晚参（讨论，学习），师云："今夜答话去也，有解问者出来。"时有一僧便出，礼拜。稔（rěn）曰："比来抛砖引玉，却引得个墼（jī）子（未烧制的砖坯）。"

【练习】

成语接龙：抛砖引玉——玉石俱焚——________——________

【思考】

1. 如果你是常建，你会用什么办法吸引赵嘏？他为什么能顺利地得到赵嘏的后半首诗？

2. "抛砖引玉"在现在也是一种说话的技巧，请你举个例子说明。

【讲故事懂道理】

唐朝时有一个叫赵嘏（gǔ）的诗人，曾因为一句“长笛一声人倚楼”得到一个“赵倚楼”的称号；同时期还有一个叫常建的诗词爱好者，是赵嘏的粉丝，总认为自己的诗没有赵嘏的写得好。

有一次，常建听说赵嘏要到苏州游玩，他高兴地想：这是向赵嘏老师请教的好机会啊，千万不能错过。可是用什么办法才能让他留下诗句呢？他想来想去，赵嘏既然来苏州，肯定会去灵岩寺的，如果我先在寺庙里留下半首诗，他看到后一定会补全的。他这么想就这么做了。赵嘏来苏州时，还真的来到了灵岩寺，当他看见墙上的那半首诗，即刻提笔在后面补上了两句。常建的目的达到了，他用自己的一块砖，换来了赵嘏的一块玉。后来人们就说常建这真是“抛砖引玉”了。

据记载，抛砖引玉这个词最早出自宋代·释道原所著的《景德传灯录·卷十·赵州东院从稔禅师》一书中的从稔禅师之口。本义是抛出砖去，引回玉来，比喻用自己不成熟的意见或作品引出别人更好的意见或好作品。当然这块“砖”是自谦的说法。

一网打尽

北宋·魏泰《东轩笔录》

刘**待制**（文学侍从官）元瑜既**弹**（tán，弹劾）苏舜钦，而**连坐**（是指中国古代因他人犯罪而使与犯罪者有一定关系的人连带受刑的制度。又称相坐、随坐、从坐、缘坐）者甚众，同时**俊彦**（杰出之士，贤才），为之一空。刘见**宰相**（zǎi，此指吕夷简）曰："**聊**（姑且，勉强）为相公一网打尽。"

【练习】

近义词：斩草除根 ______　　反义词：一介不取 ______

【思考】

1. 想一想，范仲淹雄才大略，力主庆历改革，动了谁的蛋糕？

2. "一网打尽"出自魏泰的《东轩笔录》，而作者魏泰出身世族，家世煊赫，但他从小喜欢逞强行霸，横行乡里，喜欢讹他人之名作书，书中党见甚深，屡有失实，被批无良读书人，他的文章可信吗？

______

______

【讲故事懂道理】

“一网打尽”比喻一个不漏地全部抓住或者彻底肃清。北宋词人魏泰的《东轩笔录》专门记述当时一些名士的轶事，然而“一网打尽”的故事并不轻松。

北宋仁宗时的一年秋天，恰逢赛神会，各官署衙门都要在此时借祭神聚宴玩乐。进奏院主官、著名诗人苏舜钦照例把进奏院里拆下的旧公文封套纸卖了，作为玩乐的花费。参加聚宴的人，也拿出钱来凑份子。

有个名叫李定的太子中舍官也想参加聚会，却未被邀请，便怀恨在心，到处宣扬苏舜钦和一批官员铺张浪费，寻欢作乐的事。守旧派御史中丞王拱辰让其属官御史刘元瑜劾奏苏舜钦在进奏院祭神时，用卖废纸之钱宴请宾客。

苏舜钦少年时就胸怀大志，后被政治革新派首领范仲淹推荐提拔为官。他豪爽激进，屡次上书宋仁宗皇帝，议论时政得失，引起宰相吕夷简等守旧派的强烈不满。此事一出，吕夷简一见有机可乘，也在皇帝面前推波助澜。仁宗听了大怒，定苏舜钦为“监守自盗罪”，罢官免职，削籍为民。与会的名士十余人同时被贬逐，革新派受到沉重的打击。

由此，魏泰在书中说，受苏案影响，贤才俊杰都被赶走，京城都空了。

双管齐下

北宋·郭若虚《图画见闻志》

唐张璪(zǎo)员外画山水松石名重于世。尤于画松特出意象，能手握双管一时齐下，一为生枝，一为枯干，势凌风雨，气傲烟霞。

【练习】

近义词：左右开弓 ________ 反义词：另起炉灶 ________

【思考】

1. 你有哪些令人羡慕的特长？说一说。
2. 你认为赵璪为什么能双手握笔同时画画？

【讲故事懂道理】

唐朝的著名画家张璪，字文通，吴郡（今江苏苏州）人。作画于长安，技法受王维水墨画影响，人称“南宗摩诘传张璪”，创破墨法，擅长画山水、松石。

张璪画松树的方法尤其令人叫绝。在作画的时候，张璪左手、右手各握一管笔，两只手可以同时在纸上作画，一管笔画苍翠的松枝，另一管笔画枯干虬枝，这样画出的松树惟妙惟肖，任谁看了无不称奇，人们都说他是神笔。张璪作画喜用紫毫秃笔，属于吴道子型的激情派画家，他往往秃笔抹写，画至得意处，忘乎所已。干脆以手醮色，挥涂起来，久而久之，形成习惯。书中记载张璪作画时笔势激越，飒爽英姿；作画之后，“投笔而起，为之四顾”。张彦远《历代名画记·论画山水树石》中说“树石之状，妙于韦偃，穷于张通（张璪）”，在唐人心目中，张璪的画还是高于王维等人的。

张璪没有作品存世，所撰的《绘境》也已不传，但是他提出“外师造化，中得心源”的创作方法，主张客观物象与主观情感的统一，成了画学的不朽名言，在中国美术史上有巨大意义，对后世的绘画理论有极大的影响。大家称赞他的画是“神品”，他绘画的方式，则被人们称为“双管齐下”，这个词还被用来比喻做一件事两个方面同时进行或两种方法同时使用。

一字之师

南宋·计有功《唐诗纪事》

郑谷在袁州，齐己（唐朝和尚，善诗）因携所为诗往谒（yè，拜见）焉（代指郑谷）。有《早梅》诗曰："前村深雪里，昨夜开数枝。"开谷笑曰："'数枝'非早也，不若'一枝'。"则佳。齐己矍然（jué，吃惊注视的样子）不觉兼（提起）三衣叩地膜拜。自是（从此）士林以谷为齐己"一字之师"。

【练习】

成语接龙：一字之师——师出无名——________——________

【思考】

1. 你觉得郑谷这一个字改得好不好？为什么？
2. 我国古代有很多一字之师的故事，你的身边有这样的故事吗？

【讲故事懂道理】

唐朝有个和尚，法号叫作齐己。齐己和尚很喜欢写诗，他的诗也写得很好。他有个好朋友名叫郑谷，也是当时的诗人。因为他们都写诗，所以很谈得来。

有一次，齐己写了一首诗，叫《早梅》，其中有这么两句："前村深雪里，昨夜数枝开。"过了几天，郑谷到齐己和尚这里串门。齐己和尚对他说："我写了一首诗，你给我看看怎么样？"郑谷看了半天，说："写得好，意境很好，情致也很高。但有一点，你写的是早梅，前村深雪里，昨夜数枝开。早梅就是早开的梅花，一般不会数枝开，数枝就是开了一片啦，我觉得应该把数枝改成一枝。前村深雪里，昨夜一枝开，这就显得这梅花是早开的梅花。"

齐己和尚一听，恭恭敬敬地向郑谷拜了一拜，说："改得好！你真是我的一字之师啊。"虽然郑谷只提出了一个字的修改意见，但却堪称老师，这就是"一字之师"的故事了。有些好诗文，经旁人改换一个字后更为完美，往往称改字的人为"一字师"或"一字之师"。

对症下药

南宋·朱熹《朱子语类》

克己复礼，便是捉得病根，对症下药。

克，克制、约束。礼，指周礼。出自《论语》

【练习】

请用“对症下药”造句。________________

【思考】

1. 为什么症状相同而药方不同呢？

2. 通过对症下药的道理你可以联想到什么？

____

____

____

【讲故事懂道理】

东汉末年著名的医学家华佗医术高明，诊断准确，在我国医学史上享有很高的地位。华佗给病人诊疗时，能够根据不同的情况，开出不同的处方。

有一次，州官倪（ní）寻和李延一同到华佗那儿看病，两人诉说的病症相同：头痛发热。华佗分别给两人诊了脉后，给倪寻开了泻药，给李延开了发汗的药。两人看了药方，感到非常奇怪，问："我们两人的症状相同，为什么吃的药却不一样呢？"

华佗解释说："你俩相同的只是病症的表象，倪寻的病因是由内部伤食引起的，而李延的病却是由于外感风寒、着凉引起的。两人的病因不同，当然得对症下药，用不同的药了。"倪寻和李延服药后，没过多久，病就全好了。

后来，这个成语用来比喻善于区别不同的情况，正确地处理各种问题。朱熹文中使用"对症下药"，也是一种喻义，他认为克己复礼是针对社会病症开出的药方。

灌水取球

元·脱脱，阿鲁图等《宋史》

文潞(lù)公（指文彦博）幼时与群儿击球，入柱穴中不能取，公以水灌之，球浮出。

【练习】

请用自己的话复述这个故事。

【思考】

1. 如果你遇到这种情况，你会用什么办法把球取出来？

2. 如果掉进树洞里的是一个铁球，你怎么办？

【讲故事懂道理】

北宋文人邵伯温的笔记集《邵氏闻见前录》记录有文彦博儿时的小故事，据记载，文彦博自幼天资聪颖，幼年与儿童玩球时，一不小心，球掉进一棵大树的树洞里去。小朋友们尝试伸手进树洞取球，可是树洞太深，怎么也摸不到底。文彦博看着树洞想了一会儿，说："我有个办法，可以试一试！"随后他叫几个小朋友提来几桶水，把水一桶一桶往树洞里灌，不一会儿水就把树洞给灌满了，皮球也忽忽悠悠地浮了上来。

这个脍炙人口故事，就发生在文彦博的祖籍山西省介休市。他的机智，在年幼之时就已初露端倪，谁说"小时候聪明的人，长大后就没有贤能"呢？

宰牛破案

元·脱脱，阿鲁图等《宋史》

有盗割人牛舌者，主来诉。拯曰：“第归，杀而鬻（yù）之。”寻复有来告私杀牛者，拯曰：“何为割牛舌而又告之？”盗（dào）惊服。

拯：包拯，官拜枢密副使。以廉洁耿直，执法严峻，不畏权贵著称

鬻：卖

寻复：寻，不久；复，再，又

【练习】

讲一个故事，能够体现“宰牛破案”这个典故的智慧。

【思考】

1. 包拯这样的断案方式，体现了包拯什么样的性格特征？

2. 面对日常生活中人与人之间的纠纷，我们应该如何去探求真相？

【讲故事懂道理】

北宋名臣包拯（999—1062），字希仁，庐州合肥（今安徽合肥）人。包拯廉洁公正、立朝刚毅，不附权贵，铁面无私，且英明决断，敢于替百姓申不平，后世将他奉为神明，认为他是文曲星转世，由于民间传其黑面，故人称“包青天”。

包拯年轻时曾经做过天长县的知县。有一次，一位农人来县衙告状，说有盗贼把他家牛的舌头割掉了。包拯说：“你先别声张，只管回家把牛杀掉卖了。”按当时的法律，耕牛是不能私自屠宰的。

不久又有人来控告，说有人私自杀掉耕牛。包拯问明情况，立刻沉下脸断喝一声：“好大胆的家伙，你把人家的牛割了舌头，反倒来告人私宰耕牛？”那个家伙一听就呆了，伏在地上直磕头，老老实实供认不讳。从此，包拯断案如神的名声就传开了。

包拯断案，除了有他过人的智慧，也因为他对日常生活细致入微的观察，能够准确地把握常人的心理。

借刀除逆

元·脱脱，阿鲁图等《宋史》

渭州有告戍卒叛入夏国者，玮方对客弈棋，遽曰：“吾使之行也。”夏人闻之，即斩叛者，投其首境上。

玮：曹玮，字宝臣。历任武宁、天平军节度使

遽（jù）：急，仓促

【练习】

请你用自己的话讲一下“借刀除逆”这个故事。

【思考】

1. 简要概括一下曹玮的人物形象。

2. 曹玮为什么要让士兵不声张？

【讲故事懂道理】

宋朝时，曹玮做了渭州的知州，兼管本地军事。他有勇有谋，训练的军队也是英勇善战，军纪非常严明，所以西夏人很惧怕他。

一天，曹玮在州府内正在宴请宾客，部下将官都在席上陪同。饭后，曹玮要与宾客下棋，刚刚摆好棋子，只见一名士兵慌慌张张地跑进来，在曹玮面前禀告：有士兵叛逃到西夏那边去了。周围的将官与宾客听了这个消息都非常惊讶。曹玮听到这个消息也很吃惊，但他马上意识到，自己是主帅，不可慌乱，士兵叛逃就已乱了军心，主帅再不冷静，军心就会更加不稳。所以他急忙制止士兵，说：“不要大惊小怪，他们是我派去的，千万不要声张出去。”

此话果然传到西夏，西夏人以为逃亡来的宋营士兵是奸细，非常气愤，立即把他们都杀了，还把人头抛回宋朝的边境这边。

曹玮的一席话，既稳定了军心，又借敌人的刀除了叛逆，真是一箭双雕。

摸钟辨贼

元·脱脱，阿鲁图等《宋史》

民有失物者，贼曹捕偷儿至，数辈相撑拄，襄（xiāng，陈襄，福州侯官人，官至尚书省）语之曰："某庙钟能辨盗，犯者扪（mén，摸）之辄（zhé）有声，余则否。"乃遣吏先引以行，自率同列诣（yì，到某个地方，这里是说到庙里挂钟的地方）钟所祭祷，阴涂以墨，而以帷蔽之。命群盗往扪，少焉呼出，独一人手无所污，扣之，乃为盗者；盖（发语词）畏钟有声，故不敢触，遂服罪。

【练习】

讲一个故事，能够体现出"摸钟辨贼"的智慧。

【思考】

1. 陈襄利用的是小偷的什么心理？不敢摸的一定都是小偷吗？

2. 陈襄的这种方法可以用到当今日常生活中的什么地方？

【讲故事懂道理】

陈襄为浦城令时，有百姓失窃财物报案，捕役抓到好几名嫌疑人，这些嫌疑人互相指称对方才是窃案的真凶。陈襄说：“有座庙的钟能分辨盗贼，真的小偷摸钟，钟会发出声响；不是小偷，钟就不会出声。”吏卒们押着这些嫌疑人先行，陈襄自己则率领部分官员到庙中祭祷，并暗中在钟上涂满墨汁，再用幕帘遮住。一切准备停当，嫌疑人一一上前摸钟。

一众人摸完钟出来，只有一人手上没有墨，经审问，此人果然是小偷。原来他害怕钟会发声，不敢摸钟。最终罪人认罪。

司马光砸缸

元·脱脱，阿鲁图等《宋史》

司马光字君实，陕州夏县人也。光生七岁，凛（lǐn）然（稳重的样子）如成人，闻讲《左氏春秋》，爱之，退为家人讲，即了其大指（指，同“旨”，大指即主要意思）。自是手不释书，至不知饥渴寒暑。群儿戏于庭，一儿登瓮（wèng），足跌没水中，众皆弃去，光持石击瓮破之，水迸，儿得活。其后京、洛（指北宋时的开封和洛阳）间画以为图。仁宗宝元初，中进士甲科。年甫冠（指刚满二十岁），性不喜华靡（奢华），闻喜宴（朝廷赐宴新科进士及诸科及第的人）独不戴花，同列（这里指同年考中进士的人）语之曰：“君赐不可违。”乃簪（zān）一枝。

【练 习】

讲一个你身边发生的故事，能够体现“司马光砸缸”般的临危不乱、急中生智。

【讲故事懂道理】

司马光（1019—1086），字君实，号迂叟，陕州夏县（今山西夏县）涑水乡人，世称涑水先生，是北宋政治家、史学家、文学家。宋仁宗时中进士，英宗时进龙图阁直学士。谥文正，为人温良谦恭、刚正不阿；做事用功刻苦、勤奋，以“日力不足，继之以夜”自诩。宋神宗时，反对王安石施行变法，后离开朝廷十五年，主持编纂了中国历史上第一部编年体通史《资治通鉴》。文正公人格堪称儒学教化下的典范，历来受人景仰，历史上，司马光曾被奉为儒家三圣之一（其余两人是孔子和孟子）。

司马光从小就是个聪明宝宝，有一次他和小伙伴们在院子里玩耍。突然听见一个小伙伴大喊救命，原来这个小伙伴不小心掉进了一口大缸里。缸里装满了水，很快就将那个小孩儿淹没了。别的小朋友看见出了事，都吓得大哭起来。只有司马光急中生智，从地上捡起了一块大石头，使劲地向大缸砸去。大缸被砸破，缸里的水流了出来，小伙伴得救了。小司马光遇事沉着冷静，智救小伙伴的故事千古传扬。

【思 考】

1. 小孩掉到水缸里的时候，如果你也在场，你会做些什么？
2. 通过这个故事我们应该向司马光学习什么？

瓮中捉鳖

元 · 康进之《李逵负荆》

这是揉着我山儿的痒处，管叫他瓮中捉

biē
鳖，手到拿来。

鳖：甲鱼，一种卵生两栖爬行动物

【练习】

近义词：十拿九稳 ________　　反义词：水中捞月 ________

【思考】

1. 你对古时候这种强抢民女的事情有怎样的看法？

2. 在生活中，如果遇到坏人，你会用什么办法自救？和爸爸妈妈讨论一下，遇到这种情况应该怎么办。

____

____

【讲故事懂道理】

北宋末年，梁山附近有个杏花庄，有一位叫王林的老汉开了家小酒馆，一天，两个地痞流氓冒充宋江、鲁智深来店里吃酒，王林的女儿满堂娇过来招待他们，两个流氓看见满堂娇年轻貌美，起了邪念，不顾老汉的阻拦，抢走了满堂娇。

老汉悲愤欲绝，这时，梁山好汉李逵路过酒馆，听说宋江和鲁智深干下这等伤天害理的事情，非常生气，决定上山找他们算账。回到梁山，李逵质问宋江：“枉我一直敬重你是一个行侠仗义的人，想不到你那么无耻，竟然强抢民女。”宋江说没有干过这事，李逵不信，便拉着宋江去找老汉对质后，知道错怪了宋江，李逵羞愧不已。

过了两天，老汉上梁山找到李逵和宋江，说那两个恶人把女儿送回来了，还喝醉在小店里，请李逵和宋江为自己主持公道。李逵听后兴奋地说：“看老子去瓮中捉鳖，收拾这两个坏蛋！”说罢，抄起板斧，火速下山除掉了这两个流氓。

瓮中捉鳖，表面意思是从大坛子里捉鳖，比喻想要捕捉的对象已在掌握之中，形容手到擒来，轻易而有把握。

尚文论宝

明·宋濂等《元史》

西域贾(gǔ)人有奉珍宝进售者，其价六十万锭，省臣平章顾谓文曰："此所谓押忽大珠也，六十万酬之不为过矣。"一坐传玩，文问何所用之，平章曰："含之可不渴，熨面可使目有光。"文曰："一人含之，千万人不渴，则诚宝也；若一宝止济一人，则用已微矣。吾之所谓宝者，米粟是也，一日不食则饥，三日则疾，七日则死；有则百姓安，无则天下乱。以功用较之，岂不愈于彼乎！"平章固请观之，文竟不为动。

平章：此为官职名

文：尚文，深泽人。官拜至中枢右丞

押忽大珠：一种十分罕见的珍贵宝物

熨面：按压面部

诚：真的

济：有益，有利

【练习】

请你给大家 讲一讲尚文心目中的宝贝是什么样的。

【讲故事懂道理】

元代有个叫尚文的人，善理财。元贞七年为资善大夫、中书左丞。一次，西域大商人出售一件珠宝，要价 60 万银锭。有个任平章官的找到尚文说："这个宝贝就是人们常说的'押忽大株'，60 万锭买下来可不算贵。"

尚文问平章："这件珠宝有什么用？"

平章说："含在嘴里能解渴，用它按摩面部能使人眼睛有神。"

尚文说："如果一个人含在嘴里可使天下人不渴，那才是真正的宝贝；如果一件宝贝只对一个人有好处，它的价值就微乎其微了。我以为真正的宝贝，应该说是粮食，人一天不吃饭，就会觉得饿，三天不吃饭就会生病，七天不吃饭就会死。有了粮食，百姓们的生活就会安定，没有粮食，天下就会大乱。两相比较，粮食比这'押忽大珠'的价值不是大得多吗？"

尚文论宝的智慧，体现的其实是正确的价值观。

【思考】

1. 你觉得作为一个官员，应该以什么为重？

2. 你觉得人世间最为珍贵的是什么？

智捞铁牛

明·李贽(zhì)《初潭集》

宋河中府浮梁(浮桥)，用铁牛八维(系，连结)之，一牛且数万斤。治平(北宋英宗赵曙的年号)中，水暴涨绝梁，牵牛，没于河，募(mù)能出之者。真定(指今天河北正定)僧怀丙以二大舟实土，夹牛维之，用大木为权衡(秤锤秤杆)状钩牛，徐去其土，舟浮牛出。转运使张焘以闻，赐之紫衣。

【练习】

讲一个故事，能够体现“智捞铁牛”这个典故的智慧。

【思考】

1. 这个故事与曹冲称象的故事有什么相似之处。

2. 怀丙的智慧还可以迁移到什么地方？

【讲故事懂道理】

北宋年间，河中府城外的一条河上架有一座浮桥，造型精美奇特，用八头铁牛拴系四条铁链，上铺木板，人畜车辆均可行走。

宋英宗治平年间，大洪水将浮桥冲断，把铁牛也带入河里，淹没在河底淤泥中。洪水过后，官府要修复浮桥，但是，每头铁牛重在万斤以上，如何打捞是大问题。官府贴出告示，招募能人。好几天过去，竟没人响应。

消息传到真定大佛寺，有一法号怀丙的和尚聪颖过人，勇敢应招。怀丙提出：招募民工若干、善习水性的水手二人，准备大船两条、大木一根及绳钩等物。一切就绪，怀丙和尚先请水手潜到水中，找到铁牛的位置，然后将装满泥沙的两条大船驶到沉牛处，把两只船并排拴紧，再用结实的木料搭个架子，跨在两只船上，又请水手带了很粗的绳子潜到水底，将铁牛拴牢，另一头绑在两只大船之间的架子上。随后，水手们齐动手，把泥沙铲到河里，泥沙渐渐减少，船身慢慢上浮，拴住铁牛的绳子越绷越紧，终于把铁牛从淤泥里拔了出来。

浮桥得以修复，人们从此安居乐业。当地官员将怀丙和尚智捞铁牛的事迹上报朝廷，皇上赏赐怀丙紫色袈裟一套，以示褒奖。

调虎离山

明·吴承恩《西游记》

cái
方纔使铁棒支住钩子道："我本待斩尽杀绝，怎
才
奈你不曾犯法；二来看你令兄牛魔王的情上。先头来，我被钩了两下，未得水去。纔然来，我使个调虎离山计，哄你出来争战，却着我师弟取水去了。老孙若肯拿出本事来打你，莫说你是一个甚么如意真仙，就是再有几个，也打死了。正是打死不如放生，且饶你教你活几年耳。
让
lēi kèn
已后再有取水者，切不可勒掯他。"
用绳子捆住套住，然后用力拉紧 压，卡，刁难

【练习】

成语接龙：调虎离山——山穷水尽——________——________

【讲故事懂道理】

唐三藏一行人西行取经时，唐三藏因误饮子母河照胎泉的水，腹痛成胎，于是孙悟空来到一处寺庙，想要求得一碗落胎泉水治师父的病。但寺庙内的道人因与唐僧一行人有冤仇，不愿意让他取水。孙悟空于是叫沙和尚当他的助手，再一次来到寺庙。因有过之前一次失败的经验，孙悟空就想出一个方法，先把那个道人引出寺庙争战，沙和尚再趁着二人交战的机会，探井取水。这个方法果然奏效，沙和尚已取了水，此时孙悟空正想赶尽杀绝，但沙和尚却喊道："饶了他吧！"孙悟空一听，就告诉如意真仙，这次用"调虎离山"的计策，已经顺利取了水，念在他之前不曾犯法，于是就放他一马；并且警告他以后再有人来取水，不可以再有要挟、勒索的行为。后来，"调虎离山"就用来比喻用计诱使对方离开他的据点，以便趁机行事，达成目的。

【思考】

1. 你知道历史上其他"调虎离山"的典故吗？试着给大家讲一讲。

2. "调虎离山"也是《三十六计》中的一计，不仅常用于军事，有时也会被用到政治斗争和社会生活中，试想一下你身边有发生过类似的例子吗？

____

____

草船借箭

明·罗贯中《三国演义》

一天浓雾满长江，远近难分水渺（miǎo）茫。骤（zhòu，急）雨飞蝗（huáng，一种昆虫，这里比喻很多箭）来战舰（jiàn），孔明今日伏周郎。

【练习】

歇后语：诸葛亮借箭——________________

【思考】

1. 你认为诸葛亮能完成十万支箭都有哪些方面的原因？
2. 请你对照陈寿所著的《三国志》阅读，说说历史事实和文学作品有何不同？

【讲故事懂道理】

《草船借箭》是我国古典名著《三国演义》中的一个故事。引自《三国演义》第四十六回。话说周瑜嫉妒诸葛亮的才能，孙刘联军在赤壁之战联合抗曹时，周瑜故意给诸葛亮出难题，要他在10天内交出10万只箭。这本是不可能做到的事，但诸葛亮胸有成竹，不仅满口答应，还主动提出只需3天就够，而且立下军令状。周瑜十分高兴，觉得马上就会看到诸葛亮出丑了。

诸葛亮是谁？他上知天文、下晓地理，他早已夜观天象，知道三天之内必起大雾。诸葛亮向鲁肃借了20条轻快的小船，又派人在船的两边立上很多草人，然后让鲁肃为他保守秘密。果然，第三天江上大雾弥漫，诸葛亮把鲁肃请来一起上船喝酒。它让人把20条船连在一起，向着北岸曹操的营地划去。接近曹营时，诸葛亮命令船上的士兵击鼓呐喊，曹操以为周瑜进攻了，浓雾中又不敢贸然出兵，只命令弓箭手不停地向敌船射箭。很快，20条船上的草人都插满了箭。诸葛亮命众军士高喊谢曹丞相赐箭，兴高采烈地返回了江东大营。

鲁肃向周瑜讲述孔明草船借箭，周公瑾大为感叹："孔明神机妙算，我不如他啊！"

空城计

明《三十六计》

虚者虚之，疑中生疑；刚柔之际，奇而复奇。

虚：空虚，名词　虚：使……空虚，动词　疑：疑惑，名词　疑：使……疑惑，动词

【练习】

三十六计中，你还知道哪些？________________

【思考】

1. 如果你是诸葛亮，在那种情况下你会用什么办法来抵抗魏军？
2. 如果你是司马懿，你会用什么办法来识破诸葛亮的计谋？为什么？

____

____

【讲故事懂道理】

《三十六计》中对“空城计”的描述出自《易经·解卦》，意思是空虚的就让它空虚，使其在疑惑中更加疑惑；刚与柔相互交会，会有神奇的效果。

《三国演义》中，诸葛亮和司马懿很好地诠释了这个计策。诸葛亮因错用马谡而失掉战略要地——街亭，魏将司马懿乘势率领 15 万大军向诸葛亮所在的西城杀来。此时，诸葛亮身边一个大将都没有，只有一班文官，所带领的 5000 名士兵，也有一半运粮草去了，只剩 2500 名士兵在城里。众人听到司马懿带兵前来的消息都大惊失色。

诸葛亮登城楼观望后，定下空城计。他命令士兵把旌旗都藏起来，大开城门，还让一些士兵装扮成百姓，在城中洒水扫地。诸葛亮自己则披上鹤氅，戴上纶巾，领着两个小书童上到城楼凭栏坐下，并燃香抚琴。

司马懿的大军很快就来到了城下，见此情形，以为有诈，不敢轻易入城，一番犹豫后，终于下令撤兵！及至探明回军，诸葛亮已经调来赵云，惊退司马。

看到这里，后人无不对这位忠心耿耿、鞠躬尽瘁、死而后已的丞相崇敬不已。

读书五失

清·阮葵生《茶余客话》

清袁文清尝云："予少时读书有五失：泛观而无所择（选择），其失博而寡（少）要；好古人言行，意常退缩而不敢望（向往），其失懦（懦弱，软弱）而无立（成就，确立（自己的信念））；篡录（摘录）故实，一未终而屡更端，其失劳而无功（效果）；闻人之长（长处，优点）将疾（急）趋而从之，辄（总是）出其后，其失欲速而好高；喜学为文，未能蓄（积累）其本，其失又甚焉者也！"

【练习】

根据文中的“五失”，你来总结出“五得”吧。

【讲故事懂道理】

《茶余客话》是清代阮葵生所著笔记小说，内容十分丰富，涉及政治、经济、文化、法律等许多学科，保存了许多重要的史料，其有关清初典章制度和入关前后建置以及淮地名物掌故等记载，有较高的史料价值。《茶余客话》内容还包含了许多进步思想，具有很高的文献价值。不仅如此，该书还记述了大量的人物故事，并注意辑录戏曲、小说等方面的材料。

书中记述了湘江士族袁文清关于读书的一段话，袁文清说：“我小时候读书有五个过失：泛泛地浏览但没有什么选择，这样做的问题是知道得多但是没有要旨；喜欢古人的言行，思想总是保守，不敢远望，这样的问题就是学说正统但是没有创意；收集记录往事，一个故事没有说完就又改换开头另起一篇，这样的问题就是做无用功；听说别人的优点，总是马上学习、模仿，这样的问题就是不切实际地追求太高的目标；喜欢学习写作，但是不注意积累和练习，这个问题就很严重了。”

【思考】

1. 书籍是人类智慧的结晶，但并非每本书都是经典，应该如何选择该读的书？
2. 你日常生活中有这样的问题吗？袁文清的话给了你什么启发？

纪昀妙对乾隆

清·徐珂《清稗(bài)类钞》

高宗坐二小时不去，亦不言。纪因酷热不能耐，伸首外窥(kuī)，问曰：“老头子去耶？”

高宗：爱新觉罗弘历，开创康乾盛世的清朝第六位皇帝，年号乾隆
纪：纪昀，字晓岚，清代著名文学家
窥：偷偷地

高宗笑，诸人亦笑。高宗曰：“纪昀(yún)无礼，何得出此轻薄之语！有说则可，无说则杀。”

说：解释

纪曰：“臣未衣。”高宗乃命内监代衣之，匍匐(pú fú)于地。

衣：穿衣
匍匐：以腹贴地前进

高宗厉声继问：“‘老头子’三字何解释？”纪从容免冠，顿首谢曰：“万寿无疆之为‘老’，顶天立地之为‘头’，父天母地之为‘子’。”

高宗乃悦。

【练习】

自己查资料，了解一下《四库全书》都有哪些书？

【讲故事懂道理】

纪昀（1724—1805），字晓岚，清代政治家、文学家。纪昀博览群书，才华横溢，曾任《四库全书》总纂修官，著有《阅微草堂笔记》。

纪昀身体比较胖，一到夏天就汗流浃背，湿透衣衫。每次在南书房值班，值完班就到值班室脱掉衣服凉快一会儿，然后才走。乾隆听说后，想跟他开个玩笑。有一天纪昀正与几个同事赤裸上身聊天，忽然间，乾隆走出内宫，同事们看见，慌忙披上衣衫，纪昀因为近视，直到乾隆走到跟前才看见，已经来不及穿衣服了，急忙跪在皇帝座椅下，大气都不敢出。乾隆也不说话，就这么坐了两个小时。

纪昀酷热难耐，伸头向外看，问道："老头子走了？"乾隆忍不住笑了，大家都跟着笑。乾隆说："纪昀无礼，竟然说出这么轻薄的话。解释解释吧，说不出缘由就杀头。"纪昀说："臣还没有穿衣服呢。"乾隆让人把衣服递给纪昀，然后厉声问道："老头子是什么意思？"纪昀从容地脱掉帽子，行磕头礼，答道："万寿无疆之为'老'，顶天立地之为'头'，父天母地之为'子'。"乾隆哈哈大笑。

【思考】

1. 读了此段文字，你感觉纪昀是一个怎样的人？

2. 纪昀妙对乾隆，以其聪明才智化解"危机"，在现实生活中你是否也遇到过这样的事？请写出来与大家分享一下。

神童庄有恭

民国·赵尔巽《清史稿》

粤中庄有恭，幼有神童之誉。家邻镇
今广东番禺市　清朝人，官至刑部尚书

粤将军署，时为放风筝之戏，适落于将军

署之内宅，庄直入索取。诸役以其幼而忽

之，未及阻其前进。将军适与客对弈，见

jù jié

其神格非凡，遽诘之曰：“童子何来？”庄
神态与气质

以实对。将军曰：“汝曾读书否？曾属对
曾经学过对对子吗

否？”庄曰：“对，小事耳，何难之有！”

将军曰：“能对几字？”庄曰：“一字能对，

一百字亦能之。”将军以其方之大而夸也，因指厅事所张画幅而命之对曰“旧画一堂，龙不吟，虎不啸，花不闻香鸟不叫，见此小子可笑可笑。”庄曰：“即此间一局棋，便可对矣。”应声云：“残棋半局，车无轮，马无鞍，炮无烟火卒无粮，喝声将军提防提防。”

【练 习】

乾隆上联是：天上微雨，千针万绿，游了东之港、西之港、湖之港，遍游诸港登罗浮，历十八名峰、观山、观海、观日月，宇宙一空。

庄有恭对下联：地下书生，七孔八穷，中了解之元、会之元、状之元，连中三元入翰林，点十八学士，为家、为国、为天下，功勋万世。

你来评价：____

【讲故事懂道理】

庄有恭（1713—1767）字容可，号滋圃，祖籍福建晋江，后随父徙居番禺。在兄弟七人中庄有恭排行老二，自小聪颖，13岁即通《五经》，幼年即有神童的名声。初见乾隆是殿试时，他对：“不为立仗之马，而为朝阳之凤”，深得皇上喜爱，乾隆四年（1739）即被钦点状元，开始其近30年的政治生涯。他一生清正，以“勤政爱民，清廉自励”作为为官之道。

小时候，庄有恭的家在镇粤将军署旁边，有一次放风筝玩耍，（风筝）恰好落到将军署的内院中，庄有恭直接进入要求归还。所有衙役都认为他岁数小而忽略了他，没来得及阻挡。将军正好和客人下棋，看到他精神状态与众不同，急促喝问他说：“小孩从哪来的？”

庄有恭实话回答。将军说：“你读书了没有？可以对对子吗？”

庄有恭回答说：“对子，小意思了，那有什么难的！”

将军问：“能对几个字的对子？”庄有恭回答：“一个字能对，一百个字也能对。”

将军夸他大气，然后指着厅里张贴的画说：“旧画一堂，龙不吟，虎不啸，花不闻香鸟不叫，见此小子可笑可笑。”

庄有恭指着桌上未完的棋局说：“这盘棋，便可以对呀：残棋半局，车无轮，马无鞍，炮无烟火卒无粮，喝声将军提防提防。”

【思考】

1. 庄有恭对对子，聪明之处在哪里？

2. 你“曾属对否”？

图书在版编目(CIP)数据

诸子百家之智慧故事 / 张海彤，杨宁主编；李哲绘. —桂林：漓江出版社，2016.11
（大私塾教养阶进丛书 / 张海彤主编）
ISBN 978-7-5407-7941-2
Ⅰ. ①诸… Ⅱ. ①张… ②杨… ③李… Ⅲ. ①先秦哲学-青少年读物 Ⅳ. ①B22-49
中国版本图书馆CIP数据核字（2016）第250643号

诸子百家之智慧故事

主　　编：杨　宁　张海彤
策划统筹：符红霞
责任编辑：王成成
内文设计：黄　菲
责任监印：周　萍

出 版 人：刘迪才
出版发行：漓江出版社
社　　址：广西桂林市南环路22号
邮　　编：541002
发行电话：0773-2583322　010-85893190
传　　真：0773-2582200　010-85890870-614
邮购热线：0773-2583322
电子信箱：ljcbs@163.com
网　　址：http://www.Lijiangtimes.com.cn
印　　制：北京大运河印刷有限责任公司
开　　本：889 × 1230　1/16　**印　　张**：12　**字　　数**：80千字
版　　次：2016年11月第1版　**印　　次**：2016年11月第1次印刷
书　　号：ISBN 978-7-5407-7941-2
定　　价：35.00元
